KB123809

로크미디어가
유혹하는
재미있는 세상

천외천의 주인 27

2022년 9월 6일 초판 1쇄 인쇄
2022년 9월 13일 초판 1쇄 발행

지은이 한수오
발행인 김정수 강준규

기획 이기헌 왕소현 박경무 강민구 조익현
책임편집 오영란
마케팅지원 이원선

발행처 (주)로크미디어
출판등록 2003년 3월 24일
주소 서울시 마포구 성암로 330 DMC첨단산업센터 318호
Tel (02)3273-5135 **편집** 070-7863-8596 **Fax** (02)3273-5134
홈페이지 rokmedia.com **E-mail** rokmedia@empas.com

ⓒ 한수오, 2020

값 8,000원

ISBN 979-11-354-7447-7 (27권)
ISBN 979-11-354-8621-0 04810 (세트)

한수오 신무협 장편소설

27

천외천의 주인

| 미생이전未生以前의 업業 |

차례

새로운 인연

혈가의 가주 혈뇌사야가 우연찮게 우물 같은 동굴 속에 빠진 것은 정확히 하루 반나절 전이었다.

빠진 거면 빠진 거지 우연찮게 빠졌다고 하는 것은 사실 그가 천사교의 추적을 피해서 스스로 동굴로 기어 들어갔기 때문이다.

그러나 누가 뭐래도 스스로 들어간 것이 아니라 우연찮게 빠진 것이었다.

그는 상대가 천하의 그 누구라도 피하는 사람이 아니었다.

적어도 그는 그렇게 자기 자신을 기만하고 있었다.

그게 그의 자존심이었다.

물론 당연하게도 그가 우연찮게 우물에 빠진 이유는 더 이상 천사교의 추적을 따돌릴 수 없어서였다.

그랬다.

혈뇌사야는 모종의 일로 천사교를 방문했다가 예상치 못한 그들의 암습에 당했던 것이다.

분하고 억울하지만, 천사교주를 위시한 다섯 명의 십이신군과 여덟 명의 백팔사도가 펼치는 합공 앞에서는 마교의 일천마군 중에서 상위 서열인 그도 도무지 역부족이었다.

결국 천마불사신공과 버금간다는 그의 사망혈사공이 깨졌고, 그는 실로 막대한 내외상을 입은 채로 천 리를 넘게 도주하다가 끝내 더는 버티지 못하고 우연찮게 발견한 이곳, 우물 같은 동굴로 숨어들어서 하루반나절 동안 지근거리로 접근하는 천사교도들을 하나씩 제거하며 기력을 회복하고 있었던 것이다.

그런데 반나절 전부터 더 이상 접근하는 천사교도가 없어서 안심하고 있었는데, 느닷없이 그가 있는 동굴로 접근하는 사람이 있었고, 상대는 천사교도가 아니었다.

마기가 느껴지지 않아서 그는 그것을 대번에 알 수 있었다.

그 정도는 눈으로 보지 않아도 쉽게 느낄 수 있는 고수가 그인 것이다.

지금까지의 경우와 달리 그가 동굴의 입구로 머리를 내미는 상대를 공격하지 않은 것은 바로 그 때문이었다.

천사교도가 아닌 사람이 나타났다는 것은 주변에 포진하고 있던 천사교도들이 철수했다는 뜻이었고, 그럼 이곳을 벗어날 수 있었다.

아직 몸이 완전하지 않아서 움직임에 어려움이 있지만, 지금 나타난 사람이 약간의 도움을 준다면 충분히 이곳을 빠져나갈 수 있을 거라 생각한 것이다.

지금의 그에게는 그렇게라도 서둘러야 할 이유가 있었다.

그의 등에 비수를 꽂은 천사교주가 그가 없는 혈가를 노릴 것이 너무도 뻔했고, 그럼 혈가는 당할 수밖에 없었다.

혈가의 모두가 그와 천사교주가 친한 벗처럼 가깝게 지내는 것으로 알고 있기 때문이다.

그런데 이건 또 무슨 말도 안 되는 일이란 말인가?

동굴로 고개를 내민 사람이, 아무리 봐도 그가 전혀 모르는 낯선 사내가 그를 알고 있었다.

기실 혈뇌사야의 입에서 대뜸 욕설이 나간 것은 상대 사내의 반말이 거슬려서가 아니라 자신을 알고 있는 것이 놀랍고 당황스러워서였다.

마교 내에서 운둔자로 알려질 정도로 사람들 앞에 모습을 드러내는 경우가 거의 없었던 그를 첫눈에 알아본다는 것은, 그게 비록 짐작일지라도 실로 가볍게 치부하고 넘어갈 일이 아닌 것이다.

그래서였다.

'죽여야 할까?'

버럭 화를 내는 것으로 자신의 감정을 숨긴 혈뇌사야는 내심 그것을 고민했다.

움직일 수는 없지만, 죽일 수는 있었다.

천사교주 등의 공격으로 박살 난 뼈들이 아직 제대로 아물지 못해서 육체를 움직이는 게 불가능에 가까워도 사망혈사공의 진기를 이용한 살상은 얼마든지 가능했다.

앞서는 남아 있던 사망혈사공의 한 줌 진기로도 우연찮게 동굴을 발견한 천사교의 호교사자들을 수십 명이나 제거했었는데, 그동안 각고의 노력으로 회복한 그의 진기는 이제 거의 일성에 달한 상태였다.

이 정도의 진기라면 설령 상대가 천사교의 호교사자보다 위인 초혼사자급의 고수라도 능히 해치울 수 있다는 자신감이 지금의 그에겐 있었다.

그때였다.

동굴의 입구로 얼굴을 내민 상대, 젊은 놈이 그가 망설임을 멈추고 생각을 바꾸게 하는 말을 했다.

"동료에게 배신당해서 그 모양 그 꼴인 사람이 뭐 잘났다고 그리 딱딱거리는 거지? 그냥 확 가서 천사교에 알릴까 보다."

"……!"

혈뇌사야는 머리를 한 방 맞은 표정이 되었다.

새삼 이게 무슨 상황이지 싶었다.

대체 저 녀석은 누구이기에 그것까지 알고 있는 것일까?

천하제일인 주인

'나에 대해서 얼마나 알고 있는 거야?'

혈뇌사야는 망설이면서도 본능적으로 끌어 올리던 진기를 내려놓으며 다급히 물었다.

"대체 넌 누구냐?"

"적어도 지금은 당신에게 구세주일 거다. 물론 당신이 내 요구 한 가지를 들어준다면 말이야."

혈뇌사야는 말을 듣다가 실로 화들짝 놀랐다.

듣고 있던 말이 끝나는 순간 그의 곁에 검은 인영이, 그는 아직 모르지만, 설무백이 곁에 나타났기 때문이다.

'이 정도의 경신공부라면 나와 버금간다! 아니, 어쩌면 나보다 더……!'

절로 마른침을 삼키면서도 애써 내색을 감춘 혈뇌사야는 짐짓 냉정한 태도를 견지하며 물었다.

"누구냐, 너는?"

설무백은 어깨를 으쓱이며 대수롭지 않게 대답했다.

"지금 그게 중요한가?"

혈뇌사야는 냉소를 날렸다.

"중요하고말고. 네놈이 내게 바라는 게 무엇인지는 모르겠지만, 나는 누군지도 모르는 놈하고 거래할 정도로 허술한 사람이 아니다."

"그래?"

설무백은 심드렁하게 대꾸하고는 재우쳐 물었다.

"그럼 그냥 갈까?"

혈뇌사야는 발끈했다.

"가라! 너 따위 놈에게 구걸할 생각 없다! 당장 내 눈앞에서 꺼져라!"

설무백은 묵묵히 고개를 끄덕였다. 그리고 그 순간 귀신처럼 그 자리에서 사라졌다.

혈뇌사야는 어리벙벙해졌다.

뭐 이런 놈이 다 있나 싶었다.

자기도 나름 필요해서 나섰을 텐데, 가란다고 진짜 가 버리는 놈이 있다니, 정말 모를 놈이었다.

이내 정신을 차린 그는 발작적으로 외쳤다.

"아니다! 가지 마라! 아니, 돌아와라! 어디 한번 대화를 나눠 보자!"

설무백은 돌아오지 않았다.

혈뇌사야의 외침만 공허하게 동굴 속을 울릴 뿐이었다.

혈뇌사야는 괜히 오기를 부렸다고 후회하며 재차 다급하게 소리쳤다.

"돌아오라니까! 얘기해 본다잖냐!"

그러나 상황은 달라지지 않았다.

설무백은 돌아오지 않았고, 그의 목소리만 공허하게 동굴을 울렸다.

"이런 빌어먹을……! 돌아오라고! 어서 돌아와! 네가 원하는 대로 해 주겠다! 그러니 어서 돌아와!"

혈뇌사야는 후회와 분노가 뒤섞인 감정으로 고래고래 악을 썼다.

이제는 여기를 빠져나가는 것이 문제가 아니었다.

놈이 이대로 가서 천사교에게 그의 위치를 알려 줄 수도 있겠다는 생각이 들어서 그는 실로 다급해졌다.

하지만 변하는 건 없었다.

아니, 변하는 게 있기는 했다.

그의 몸에 변화가 일어났다.

분노의 열기가 뻗치는 바람에 내부가 진탕되어서 끊어졌다가 지난 하루반나절의 노력으로 겨우 어렵사리 이은 육체 곳곳의 임독양맥이 다시금 끊어질 것처럼 들끓고 있었다.

"이런 젠장⋯⋯!"

울화통이 터져서 죽는 사람도 있다더니, 지금의 혈뇌사야가 딱 그 짝이었다.

혈뇌사야는 최대한 평정심을 되찾으려 애썼다.

하지만 요동치기 시작한 기혈은 좀처럼 가라앉지 않았고, 그로 인한 고통이 그의 전신을 부들부들 떨리게 했다.

그리고 그것이 다시 그에게 화를 불렀다.

"내 이 새끼를 천사교주보다 먼저 죽이지 않으면 성을 갈겠다!"

혈뇌사야는 어떻게든 진정하고 몇 번이나 이를 악물며 진기를 돌려서 심신의 안정을 도모하려 했지만, 그게 쉽지 않았다.

아무리 애써도 되돌아온 것은 지독한 고통뿐이었고, 그는 결국 그 고통을 견디지 못하고 의식을 끈을 놓쳐 버렸다.

'내, 내가, 천하의 이 혈뇌사야가 맥없이 이, 이렇게 죽는다고……?'

그러나 천만다행이게도 그는 그대로 죽지 않았다.

얼마 동안이나 정신이 끊어져 있었던 것일까?

혈뇌사야는 너무나도 무기력해서 죽음과 같은 의식의 저편에서 이유를 모르게 상쾌한 느낌을 받으면 서서히 정신이 돌아왔다.

그는 죽은 것이 아니라 혼절했던 것이고, 어떤 상쾌한 느낌으로 인해 깨어난 것이었다.

"……!"

혈뇌사야는 눈을 떴다.

그리고 아직은 초점이 풀려 있는 눈으로 무언가 시커먼 물체를 보았다.

처음에는 시커먼 물체라고 보이던 것이 이내 조금씩 선명해졌다. 사람이었다.

그래도 한 번 봤다고 이제는 낯이 익은 설무백이었다.

혈뇌사야는 의지와 무관하게 새삼 분노의 열기가 뻗쳐서 버럭 고함을 내질렀다.

"구해 줄 거 아니면 당장 꺼져!"

천외천의
주인

설무백은 어이없다는 듯 실소하며 따졌다.

"싫다며?"

혈뇌사야는 말문이 막혀 버렸다.

하지만 그대로 지기 싫었고, 이럴 때는 서로의 치부를 들치는 방법밖에 없다는 것 정도는 아는 사람이었다.

"그러는 네놈은? 싫으면 말라고 갔던 놈이 왜 돌아온 거냐?"

설무백은 재차 실소했다.

"살려 달라고 애원해도 시원찮을 사람이 너무 당당하고 뻔뻔스러운 거 아냐?"

혈뇌사야는 역시나 지기 싫어서 으르렁거렸다.

"내 몸이 이렇게 성치 않은 것을 다행으로 알거라. 아니었다면 너는 벌써 뼈가 갈려서 산중에 뿌려졌을 거다."

설무백은 거듭 실소했다.

그러자 그의 머리위로 여자아이의 머리가, 역시나 그는 아직 모르지만 요미의 머리가 불쑥 솟아나서 노려보며 말했다.

"그냥 죽이고 가자, 오빠. 응?"

그때 그들의 곁으로 땅딸막한 덩치 하나가, 역시나 그는 아직 모르는 공야무륵이 도끼를 뽑아 들고 나서며 물었다.

"죽일까요?"

혈뇌사야는 이채로운 눈빛으로 요미와 공야무륵을 쳐다봤다. 자신을 죽이고 하고, 죽이려고 하는 태도와는 전혀 상관이 없었다.

그들에게서 풍기는 살기가 실로 예사롭지 않아서였다.

그러다가 그는 알았다.

이제 보니 그는 지금 좁고 어두운 동굴 속에서 시체를 깔고 누워 있는 것이 아니었다.

지금 그는 아름드리나무들 사이로 붉게 노을 지는 석양이 바라보이는 산기슭에 누워 있었다.

그리고 또 알게 되었다.

당장에 죽을 것처럼 악화되었던 그의 몸이 적잖게 회복되어 있었다.

이 정도의 회복이라면 영약을 먹여도 꽤나 뛰어난 영약을 먹인 것이 분명했다.

"험험!"

혈뇌사야는 적잖게 머쓱해져서 헛기침을 했다.

그런 그의 마음을 아는지 모르는지, 설무백이 슬쩍 손을 들어서 공야무륵을 말리며 말했다.

"내가 당신을 목숨을 구해 주는 대가로 바라는 것은 딱 하나, 당신의 등에 칼을 꽂은 천사교와 싸워 주는 거다. 다른 조건은 없다."

혈뇌사야는 머리를 한 방 맞은 기분이 들어서 절로 눈을 끔뻑였다.

이게 무슨 조건이란 말인가.

이건 다른 누가 내걸 조건이 아니라 그가 앞으로 모든 것을 걸고 하려는 복수가 아니던가.

"한다!"

혈뇌사야는 이를 악물며 재우쳐 외쳤다.

"무조건 한다!"

설무백은 속을 알 수 없이 지긋한 눈빛으로 혈뇌사야를 바라보다가 이내 곁으로 다가섰다.

그리고 하늘을 보는 자세로 누워 있는 그의 가슴을 두 손바닥으로 지그시 눌렀다.

"뭐, 뭐 하는 거야? 나, 나는 아직 느, 늑골이 제대로 아물지……! 쿨럭, 쿨럭!"

혈뇌사야는 다급히 설무백의 행동을 제지하려다가 내식이 뒤엉켜서 요란하게 기침을 해 댔다.

설무백은 그러거나 말거나 그의 가슴을 지그시 누르는 두 손바닥을 때지 않았다.

그러자 이내 놀라운 일이 벌어졌다.

설무백의 정수리에서 은은한 서기가 일어나서 주변을 밝히는 가운데, 그의 두 손바닥에서 아지랑이처럼 아른거리는 검은 안개가 피어나서 혈뇌사야의 전신을 뒤덮었다.

놀랍게도 그것은 마기였다.

혈뇌사야는 가슴이 으스러지고 전신의 혈맥이 타오르는 것 같은 격통 속에서 그것을 보았다.

그것은 분명 마기였다.

'뭐냐, 너?'

혈뇌사야는 너무나도 황당하고 어처구니가 없어서 당최 말문이 열리지 않았다.

설무백이 마기를 뿜어낸다는 것도 놀랍지만 그보다 더 놀라운 것은 그가 여태껏 설무백의 몸에 마기가 내제되어 있다는 것을 몰랐다는 사실이 더욱 놀라워서 그랬다.

천하에 그가 느끼지 못하는, 아니, 느낄 수 없는 마기를 품고 있는 사람이 있다는 것은 정말 꿈에도 상상할 수 없는 일이었던 것이다.

혈뇌사야가 그 놀랍고 신기하고 충격적인 사실 앞에서 넋을 놓고 있는 참에, 설무백의 날카로운 목소리가 그의 뇌리를 쩌렁하게 울렸다.

—운공해! 설마 와공법(臥功法)을 모르는 건 아니지?

혈뇌사야는 퍼뜩 정신을 차리며 운기행공에 들어갔다.

설무백의 두 손바닥을 타고 흐르는 기운이, 바로 마기가 봄날의 훈풍처럼 혹은 한겨울 방 안에 피어 놓은 화로처럼 훈훈하게 그의 육체를 보듬으며 데우고 있어서 그는 전에 없이 대번에 운기행공으로 빠져들 수 있었다.

그러자 설무백의 두 손바닥을 통해서 혈뇌사야의 전신을 뒤덮은 마기가 꿈틀거렸고, 이내 혈뇌사야의 전신 모공으로 스며들어 갔다.

그와 동시에 불그죽죽하게 변한 혈뇌사야의 주름진 얼굴이 드러났고, 이내 그 붉은 기운이 짙어지더니 얼마 지나지 않아서 그의 전신이 새롭게 피어난 붉은 안개에 뒤덮였다.

이번에는 그의 미간에서 피어난 마기가, 바로 사망혈사공의 기운이 그의 전신을 뒤덮은 것인데, 그 순간부터 만신창이던 그의 내외상이 빠르게 치료되기 시작했다.

그렇게 얼마의 시간이 지났을까?

순식간에 무아지경으로 빠져들었던 혈뇌사야의 정신이 서서히 주변의 사물이 주는 느낌을 인지하고 인식할 수 있을 정도로 회복되었다.

이건 실로 놀라운 일이었다.

본신의 진기로 사람을 치료하는 재주는 무공을 익힌 무림이라면 누구나 다 어느 정도 할 수 있었다.

이른바, 추궁과혈(推宮過血)이나 추나요상법(推拿療傷法)이라고 불리는 진기요상법들이 그것이었다.

그러나 지금 설무백이 시전하는 방식은 추궁과혈이나 추나요상술 등과 궤를 달리하는, 그야말로 판이하게 다른 그 무엇이었다.

실로 그 무엇과도 비교할 수가 없었다.

있는 그대로 말하면 설무백은 품고 있는 마기를 뽑아내서 마공을 익힌, 그리고 그 마공으로 스스로의 상처를 치유할 수 있는 상대에게 전해 주어서 회복력을 극대화시킨 것이었다.

이는 마치 시들어 가던 나무에게 그동안 받지 못한 햇살과

단비 등의 영양분을 건네서 살아나게 하는 것과 같은 것으로, 일반적인 진기요상과는 차원이 다른 진기요상법이 아닐 수 없었다.

그리고 그게 가능한 이유는 바로 설무백의 내부에 마공의 기운이 내제되어 있고, 그 기운을 필요에 따라 얼마든지 타인에게 전해 줄 수 있는 수법을 알고 있었기 때문이다.

혈뇌사야는 그것을 느낄 수 있었고, 그래서 정신이 들었음에도 선뜻 눈을 뜰 수가 없었다.

실로 감당하기 어려운 격정이 그의 가슴에 휘몰아치고 있었다.

그럴 수밖에 없는 것이, 그가 아는 한 이건 천하에서 오직 한 사람만이 가능한 신기였던 것이다.

'이건 분명 대공자이신 천마공자만이 가능한 활마(活魔)의 경지다!'

틀림없었다.

마공으로 쌓은 체내의 마기를 자신의 의지에 따라 밖으로 드러낼 수 있고, 또 그것을 상대에게 전해 줄 수 있다는 것은 역으로 말하면 상대가 그렇게 쌓아 올린 마기도 얼마든지 자신의 의지로 뺏을 수 있다는 뜻이었다.

천하에게 그것이 가능한 사람은 오직 천마대종사에게 마교 사대지보의 하나인 천마령을 전해 받은 천마공자만이 가능한 신기였다.

천외천의
주인

'대체 어떻게 이자가……?'

혈뇌사야의 뇌리를 오만가지 상념이 휩쓸었다.

분명 상대는 천마공자가 아닌데 어떻게 천마령을 가져야만 가능한 신기를 아무렇지도 않게 발휘한단 말인가.

정신이 든 혈뇌사야가 답을 찾을 수 없는 상념에 빠져서 머리가 혼란스러운 그때, 나직한 투덜거림이 그의 귓속을 파고들었다.

"깨어났으면 어서 눈을 떠야지 무슨 생각을 그리 골똘히 하나?"

혈뇌사야는 눈을 떴다.

그리고 머쓱하게 자리를 털고 일어나 앉아서 뚫어지게 설무백을 바라보며 말했다.

"약속은 지킨다. 아니, 솔직히 말하면 너와의 약속이 아니라도 나는 이제 더 이상 천사교주와 한 하늘을 이고 살 수 없는 몸이다. 다만 그전에 네가 내게 한 가지 밝혀야 할 것이 있다."

설무백은 슬쩍 혈뇌사야의 시선을 외면했다.

강렬한 혈뇌사의 눈빛을 마주하자 무엇을 말하려는지 느낌이 왔기 때문인데, 그렇다고 듣지 않을 수도 없어서 그는 쓰게 입맛을 다시며 대답했다.

"뭔데, 그게?"

혈뇌사야가 진중한 어조로 말했다.

"너는 마기를 품고 있다. 한데, 노부는 그걸 전혀 느끼지 못하고 있었다. 하물며 너는 본신의 마기를 내게 주입해서 내상을 치료해 주었고, 일부는 아예 노부에게 넘겨주었다. 지금 노부는 그걸 느낄 수 있다. 노부가 알고 있기로 체내의 마기를 그처럼 자유자제로 부릴 수 있는 신기는 천하에서 오직 한 사람만이 가능한 일이다. 하지만 너는 그가 아니다. 대체 너는 누구냐?"

설무백은 새삼 입맛이 썼으나, 애써 내색을 삼가며 잠시 고민하다 마음을 다잡으며 반문했다.

"나를 믿을 수 있나? 아니, 나는 믿지 않아도 좋은데, 지금 내가 그걸 말해 주면 믿겠나?"

혈뇌사야가 두 눈을 뜨겁게 빛내며 대답했다.

"노부는 죽음을 목전에 두고 있었다. 그걸 네가 살렸다. 그 은혜는 갚는다. 너를 믿는 것으로 갚으면 되지 않을까?"

설무백은 가만히 고개를 끄덕였다.

혈뇌사야의 말을 얼마나 믿어야 할지는 모르겠으나, 목숨을 구해 준 대가로 자신을 믿겠다는 말이면 충분했다.

그래서 이제 남은 것은 자신의 내력을 어느 정도까지 드러내느냐 하는 것이었다.

그는 잠시 생각을 정리하고 입을 열었다.

"솔직히 말해서 나의 전부를 드러내고 싶지는 않다. 이유는 지금 내가 마교와 싸우고 있기 때문이다."

혈뇌사야의 표정이 살짝 변했다.

설무백은 그게 아랑곳하지 않고 계속 말했다.

"다만 지금의 나는 스스로도 모르는 출생의 비밀을 가지고 있는데, 아마도 그 부분이 지금 당신이 생각하는 어떤 부분과 일치할 수도 있다고 생각한다. 그러니 그걸 말해 주겠다. 나는 이십여 년 전, 동쪽 바다너머 해구라는 포구와 인접한 산에 버려진 간난아이였고, 최근에 알아낸 바에 따르면 내 친아비는 전설무왕간부도의 주인공인 천하제일고수 무왕과 동귀어진한 어떤 사내라고 하는데, 아명인 석정이라는 호와 고정산이라는 이름을 가진 그 무왕은 그 사내가 마교의 대공자인 천마공자라고 내게 말해 주었다."

"처, 천마공자의 핏줄이라고?"

혈뇌사야가 경악과 불신에 차서 부릅떠진 눈으로 설무백을 바라보며 부르짖었다.

설무백은 냉정하게 고개를 저었다.

"나도 모른다. 사실일 수도 있고, 아닐 수도 있다. 다만 무왕이 내게 해 준 말일 뿐이고, 나는 그저 우연찮게도 마교의 사대호교지보의 하나인 천마령과 인연이 닿았을 뿐이다."

"……!"

혈뇌사야가 대경실색했다.

연거푸 진저리를 친 그는 정말이지 어찌할 바를 모르겠다는 표정으로 설무백을 바라만 보며 말을 더듬었다.

"처, 천마령은 대, 대종사의 핏줄이 아니면 절대 수용되지 않는데……?"

설무백은 어디까지나 무심하게 혈뇌사야의 시선을 마주하며 물었다.

"그래서 당신이 보기에도 내가 천마공자의 핏줄인 것 같나?"

혈뇌사야가 새삼 어찌할 바를 모르겠다는 표정으로 설무백을 바라보다가 이내 자리를 털고 일어났다.

"네가…… 아니, 귀하가 누군지는 조만간 알게 거요. 낭중지추라고, 주머니 속의 송곳이 밖으로 삐져나오지 않을 수 없는 것처럼 귀하와 같은 고수의 존재가 본인의 귀에 들리지 않을 리 만무할 테니까. 그때 다시 봅시다. 본인이 귀하를 찾아가도록 하겠소."

네가 귀하로 바뀌고, 노부가 본인으로 변했다.

무시하는 듯한 하대를 거두고 나름 상대를 존중하는 평대로 바꾼 것이다.

이는 설무백의 말을 들은 혈뇌사야의 심경이 그처럼 확연하게 변했다는 것인데, 그럼에도 불구하고 그가 이처럼 발길을 서두르는 것에는 그만한 이유가 있었다.

돌아선 그가 자리를 떠나며 그것을 밝히는 것으로 아쉬움을 드러냈다.

"천사교의 마수가 이미 우리 가문에 닿았을 것이 너무도 뻔해서 본인은 이만 가 보겠소이다."

혈뇌사야는 아직 완전하게 회복된 것이 아니었으나, 그야말로 순식간에 한 점으로 화해서 사라졌다.

그 모습을 지켜본 설무백은 못내 경각심이 생겨났다.

'결코 내 아래가 아니다.'

혈뇌사야의 무력을 보면 천사교주를 위시한 다른 마왕들의 무력도 능히 짐작할 수 있었다.

실로 그들의 무력은 지금의 설무백보다 아래가 아니었다.

설무백은 혼잣말처럼 중얼거렸다.

"절대 쉽게 상대할 수 있는 적이 아니야. 더욱 정진해야 한다."

자기 자신을 독려하는 말이기도 했지만, 동료들에게 경고하는 의미도 내포하고 있었다.

고작 내공의 일부만을 회복했음에도 저와 같은 경지라면 온전한 상태의 마왕들은 실로 그조차 승부를 장담할 수 없었다.

공야무륵이 그의 의중을 읽으며 말했다.

"걱정하지 마십시오. 얼마든지 따라잡을 수 있습니다."

암중의 요미는 다른 생각을 드러냈다.

"그러니까, 그냥 죽이자니까."

뜻밖에도 권천이 끼어들며 자신의 생각을 밝혔다.

"이길 수 있다, 나는, 그를. 생각났다, 지금. 그와 같은 사람들을 상대하기 위해서 탄생했다, 나는."

설무백은 이채로운 눈빛으로 권천을 바라보았다.

사실을 말하자면 그동안 그도 그와 같은 생각을 하고 있었다.

천사교주가 권천과 같은 괴물을 만든 이유가 단순히 중원의 고수에게만 있지 않을 것이라는 생각이 바로 그것이었다.

그런데 그런 의심을 하고 있었던 것이 그만은 아니었다.

공야무륵이 그런 내색을 했다.

"마교에서 배운 수법으로 마교의 그것을 뛰어넘으려고 했다는 것을 보고 저도 그런 생각이 들긴 했습니다. 사실이 그렇다면 이 녀석…… 아니, 이 친구 같은 애가 더 있을 겁니다."

설무백의 생각도 같았다.

"두고 보면 알겠지."

설무백은 내친김에 품고 있던 한마디를 더하려다가 그만두며 저편 언덕 아래를 바라보았다.

누군가 그들이 있는 산기슭을 향해서 빠르게 달려오고 있었다.

설무백은 그를 알아보았다.

"저 친구가 이쪽 담당이었나?"

공야무륵도 상대를 알아보며 대답했다.

"그럴 겁니다. 여기 호북성과 호남성 일대가 저 친구 동폐안의 구역이라고 들은 기억이 납니다."

그랬다.

상대는 바로 하오문의 구룡자 중 하나인 동폐안이었다.

뚱보답지 않게 빠른 경공술로 부리나케 그들을 향해 달려온

천하제일
주인

그 동폐안이 힘을 다한 듯 설무백의 앞에 털썩 주저앉아서 숨을 헐떡이며 말했다.

"헉헉, 응천부의…… 헉헉, 군사들이 헉헉, 난주를 포위했답니다, 용군! 헉헉……!"

설무백은 절로 고개를 갸웃했다.

"황제가 왜 갑자기 가만히 있는 나를……?"

공야무륵이 말했다.

"나무는 가만히 있으려 하나 바람이 가만두지 않는 법이지요."

그리고 히죽 웃으며 덧붙였다.

"드디어 집으로 돌아가게 되었네요. 가시죠?"

"가야지."

설무백은 발길을 서두르며 잘라 말했다.

"애꿎은 병사들 다 죽기 전에!"

⚜

동폐안이 설무백에게 전한 보고대로 난주는 대규모 군사들에게 포위당한 상태였고, 그들은 응천부에서 출정한 군사들이었다.

다만 그들의 지휘자는 성장을 차려입은 장수가 아니라 평복을 걸친 강호무림의 인물이었다.

천사교의 십이신군 중 하나로, 자면신군과 더불어 천사교주를 최측근에서 보필하는 축양신군이 바로 그였다.

물론 대외적으로 그들의 지휘자는 사례태감 정정보의 새로운 양자이자, 그 배경에 힘입어서 이번에 후군도독(後軍都督)의 지위에 오른 장수인 지자천(池自薦)이었다.

그러나 아는 사람은 다 알고 있었다.

후군도독 지자천의 입을 통해서 나오는 명령은 전부 다 다른 사람의 머리에서 나온 판단이었고, 그 사람이 바로 축양신군이었다.

지금도 그랬다.

날이 저문 저녁, 배급을 통한 병사들의 식사가 끝나고 지휘부인 자신의 천막에 앉아 있다가 축양신군의 방문을 받은 지자천은 수하 군관들의 눈치도 보지 않고 축양신군에게 보고하며 의견을 묻고 있었다.

"정찰대의 보고에 따르면 놈들은 우리의 존재를 전혀 신경쓰지 않는 것처럼 잠잠하다고 하오. 게다가 사대문을 지키는 정용들도 별다른 평소와 다름없이 아침저녁으로 교대하며 근무하는 중이라, 혹시 놈들이 난주를 수중에 넣고 주무른다는 저간의 소문이 잘못된 것은 아닌지 매우 의심스럽다는구려."

축양신군은 차를 마시며 지자천의 보고를 듣는 둥 마는 둥 관심을 보이지 않고 있었다.

지자천이 그래도 연신 그의 눈치를 살피며 조심스럽게 다시 말했다.

"그래서 하는 말인데, 전병력을 동원하는 오늘 밤의 기습은 재고하는 것이 어떻겠소? 고작 기천도 안 되는 흑도의 무리를 처리하려고 사만의 정예병을 동원해서 전격적인 기습을 감행한다는 것이 어째 내키지 않는구려. 실로 무관한 민초들의 피해가 극심할 것이오."

축양신군이 이제야 반응을 보였다.

그는 마시고 있던 찻잔을 내려놓고 실로 한심하다는 표정으로 지자천을 쳐다보며 끌끌 혀를 찼다.

보통의 상식으로 보면 실로 오만불손한 짓이었으나, 지자천은 화를 내기는커녕 오히려 찔끔하며 놀란 자라목이 되어서 물었다.

"본인의 생각이 틀린 거요?"

축양신군이 자못 준엄하게 훈계했다.

"어디 틀리다 뿐이겠소. 장군께서는 내 옆에 있으면서 아직도 무림인들의 능력을 그리도 모르오? 설마 얼마 전 훈련에서 내 수하 둘이 일천이 넘는 장군의 친위대를 뚫고 들어간 것을 벌써 잊은 거요?"

지자천이 대번에 꿀 먹은 벙어리가 되었다.

축양신군이 그 모습을 보고 거듭 혀를 차며 말했다.

"저들은 벌써 오랫동안 여기 난주를 장악하고 살아가던 강호무림의 흑도 세력이오. 하물며 그들을 관리하고 통제해야 할

지부는 우리 웅천부가 아닌 북평의 지시를 받고 있소. 이는 저기 난주에 사는 사람들 전부를 적으로 봐도 무방하다는 뜻인 거요."

지자천이 이제야 축양신군의 생각을 어느 정도 감지한 듯 긴장한 표정으로 물었다.

"하면, 신군의 의중은……?"

"우리는 난주성의 풍잔을 치는 게 아니오! 난주성을 치는 거요!"

축양신군은 싸늘하게 잘라 말했다.

"오늘 밤 우리는 난주성을 통째로 불태우는 것으로 적을 섬멸할 것이오!"

"음!"

지자천이 절로 무거운 침음을 흘렸다.

축양신군이 그게 아랑곳하지 않고 거만한 충고를 덧붙였다.

"다른 걱정은 마시오. 우리 애들이 선봉에 나설 테니, 장군의 병력은 놈들의 위세를 믿고 덩달아 설치는 떨거지들만 처리하면 되오."

이 역시 상대를 더 없이 무시하는 발언이었으나, 지자천은 아무렇지도 않게 웃는 낯으로 고개를 끄덕였다.

"알겠소. 그럼 본인은 신군만 믿고 계획대로 일을 추진하도록 하겠소."

축양신군이 새삼 거만하고 고개를 끄덕이며 의미심장하게

말했다.

"대신 오늘의 공은 전부 다 장군에게 돌아갈 것이오."

지자천이 싫지 않은 표정으로 거듭 고개를 끄덕이고는 자리를 털고 일어나며 수하 군관들을 향해 명령했다.

"계획대로 즉시 병력을 집결시켜라!"

"옙!"

문 앞에 도열하고 있던 군관들이 동시에 고개를 숙이며 대답하고는 서둘러 밖으로 나갔다.

지자천이 그들의 뒤를 따라서 군막을 나섰다.

군관들이 사방으로 흩어져서 병사들을 집결시켰다.

애초에 난주의 외곽에 군영을 차리는 것은 기만술에 불과했고, 도착 즉시 은밀한 기습이 예정되어 있었으며, 그들은 물론 예하의 병사들도 그것을 알고 대기 중이었기 때문에 실로 신속한 집결이 이루어지고 있었다.

다만 그들의 선두에는 병사들이 아닌 흑의차림의 사내들이 하나둘씩 느긋하게 집결하는 중이었다.

바로 선봉대로 나서는 천사교도들이었다.

"얼추 삼백 정도군."

후군도독 지자천의 군영을 한눈에 볼 수 있는 능선이었다.

풍사가 집결하는 병사들의 선두로 나서고 있는 천사교도들의 인원을 헤아렸다.

곁에 서 있던 제갈명이 웃었다. 비웃음이었다.

"고작 저 인원으로 우리를 치려고 하다니, 대체 어떤 멍청이의 머리에서 나온 계획인지 모르겠네요."

풍사와 제갈명의 뒤쪽에는 대략 백여 명의 사내들이 흩어져 있었다.

바로 기존의 체계와 상관없이 모인 광풍대의 대원들이었다.

그들의 선두에 서 있던 천타가 슬쩍 그들의 곁으로 나서며 말을 받았다.

"그보다 황궁이 왜 갑자기 우리를 치는 건지부터 따져 봐야 하지 않나?"

제갈명이 대수롭지 않게 냉소를 날렸다.

"뻔한 걸요, 뭐. 그 내시 대감에 이어 황제까지도 마침내 저들의 손에 들어간 겁니다. 처음에는 어느 정도 황제의 기분을 맞춰 줄 필요가 있었을 테지만, 이제는 그럴 필요마저 없을 정도로 황제를 휘어잡았다는 뜻이겠지요."

풍사가 고개를 끄덕이며 말을 받았다.

"그럼 천사교가 우리를 노리는 거군."

"천사교뿐일까요?"

"하긴……!"

풍사가 심드렁하게 인정했다.

천사교의 배후인 마교 전체가 풍잔을 주시하고 있다는 사실을 그들은 벌써부터 익히 잘 알고 있었다.

제갈명이 히죽 웃으며 말했다.

"아무튼, 그래서 따지고 보면 그리 나쁘게만 볼 일도 아닙니다. 주군께서 이제는 십천세만큼이나, 아니, 어쩌면 그들보다 더 놈들에게 주목받고 있다는 뜻이니까요."

천타가 고개를 갸웃하며 물었다.

"그게 왜 나쁘게만 볼 일이 아닌 거지? 나쁘게 볼 일이잖아?"

제갈명이 절대 아니라는 듯 고개를 저었다.

"나쁘긴 하죠. 그렇지만 아주 나쁜 건 아니고, 생각하기에 따라서는 좋게 볼 수도 있다는 겁니다. 우리 주군께서 천하의 마교 놈들이 주목할 정도로 강해지셨다는 뜻이 되니까요."

"그런가?"

천타는 듣고도 잘 모르겠다는 표정이었다.

"신경 쓰지 마. 머리 쓰는 건 저 인간에게 맡기자고."

풍사가 피식 웃는 낮으로 천타를 다독이고는 대수롭지 않게 말문을 돌렸다.

"그보다 언제 치는 거야?"

제갈명에게 묻는 말이었다.

제갈명이 앞으로 나서서 소리 없이 기민하게 집결하고 있는 군영을 훑어보며 대답했다.

"잔월 노야가 신호를 줄 겁니다. 아마도 저들의 선봉대가 향이 펼쳐 놓은 진에 갇혀서 우왕좌왕할 때쯤이 아닐까 싶네요."

풍사가 물었다.

"우리는 그냥 본대만 이리저리 찢어 놓으면 되는 거지?"

제갈명이 곱지 않은 눈초리로 풍사를 바라보며 대답했다.

"그새 또 잊으셨네. 바로 나서는 게 아니라요. 신호가 떨어지면 이매당이 행동을 개시하고, 저기 저들의 후방에 대기하고 있는 홍당과 대도회, 백사방의 정예들이 나설 겁니다. 그다음에 나서면 됩니다. 이리저리 찢어 놓을 것도 없이 그저 본진을 횡으로만 갈라놓아도 되지 않을까 싶네요. 그것만으로도 정신 못 차릴 테니까요."

풍사가 머쓱한 표정으로 물었다.

"확실한 거지?"

제갈명이 아직도 못 믿느냐는 듯 기분 나빠진 표정으로 자신의 목을 치는 시늉을 했다.

"제 목을 겁니다, 목을!"

풍사가 새삼 머쓱해하며 슬쩍 말문을 돌렸다.

"그나저나, 양가장 애들은 왜 이번 계획에서 제외한 거야. 그 애들 불만이 이만저만 아냐."

제갈명이 그런 말 하지도 말라는 듯 손을 내저었다.

"나설 필요가 없으니까요. 무릇 모든 싸움에서는 전력의 삼할을 드러내지 않는 것이 병법의 기본입니다."

풍사가 말꼬리를 잡고 물었다.

"그럼 철 노야와 복양 노야도 그래서 뺀 건가?"

제갈명이 태연하게 고개를 저었다.

"아니요. 그쪽은 우습게 보이기 싫어서요."

"우습게 보이기 싫다니?"

"우리 풍잔이 고작 저 정도 병력조차 처리 못한다면 말이 안 되죠. 그분들에게 나서라고 하면 우리를 우습게 볼 수도 있지 않겠습니까. 어림도 없습니다!"

"아……!"

풍사는 전혀 그렇게 생각할 일이 아니라고 생각하면서도 그 냥 수긍하고 넘어가 주었다.

제갈명의 결연한 태도를 보자 그럴 수밖에 없었다.

정말 똑똑한 녀석인데 어떨 때 보면 정말 사소한 것에 목숨을 거는 종자가 바로 그가 보는 제갈명이기 때문에 나름 충분히 이해할 수 있었다.

그때 천타가 불쑥 끼어들었다.

"선봉대가 출발하네요."

대화를 나누던 풍사와 제갈명이 동시에 지자천의 군영으로 고개를 돌렸다.

천타의 말마따나 선두에 집결한 선봉대가, 바로 천사교도들이 난주성의 서문을 향해 줄지어 앞으로 나아가고 있었다.

제갈명이 그들과 도열한 채 남아 있는 병사들을 훑어보며 키득거렸다.

"큭큭, 드디어 백리평의 혈사가 한 번 더 재현되게 생겼네요. 큭큭……!"

그랬다.

지금 지자천의 병사들이 주둔한 곳은 바로 과거 설인보 장군을 암살하기 위해서 무저갱으로 가던 황군이 설무백에게 막히며 백리평의 혈사라는 역사를 남긴 장소인 것이다.

풍사가 말했다.

"오늘은 그날과는 또 다른 혈사로 기록될 거야. 그날처럼 많이 살아서 돌아가지 못할 테니까."

제갈명이 묵묵히 고개를 끄덕이다가 한순간 눈을 빛내며 외쳤다.

"걸려들었다!"

제갈명의 말과 상관없이 풍사도 이미 상황을 파악하며 눈을 빛내고 있었다.

천타도 재빨리 뒤를 돌아보며 어둠 속에 웅크리고 있는 광풍대원들을 향해 준비하라는 수신호를 보내는 중이었다.

백리평을 벗어나서 구릉지대로 들어선 지자천의 선봉대가, 바로 천사교도들이 한순간 불현듯 우왕좌왕하고 있었다.

다들 두 손을 내밀려 허공을 더듬거리는 것이 마치 갑자기 시력을 잃은 장님처럼 보였다.

개중에는 겁에 질린 모습으로 칼을 뽑아 드는 자들도 적지 않았다.

제갈명의 말과 일치하는 모습이었다.

바로 제갈향이 펼쳐 놓았다는 진에 걸려든 것이다.

그때였다.

"으악!

"크아악!"

백리평에서 대기하고 있던 본진의 중심에서 찢어지는 단말마의 비명이 연이어 터졌다.

벌써부터 그들 사이에 침투해 있던 이매당이 칼을 뽑아 든 것이다.

그리고 때를 같이해서 그들, 진영의 후방이 와르르 무너지기 시작했다.

"저, 적이다! 적의 기습이다!"

누군가 발작적으로 소리쳤다.

그러나 일단 흐트러지기 시작한 진영은 봇물이 터진 것처럼 걷잡을 수 없는 혼란 속에 빠져 버렸다.

수만의 병력이 운집한 백리평이 아수라장으로 변해 버리는 것은 그야말로 순식간의 일이었다.

풍사는 그 순간에 하늘 높이 치솟는 광체를 보고 살소를 떠올렸다.

"우리 차례다!"

철옹성 (1)

가장 먼저 무언가 이상하다고 느낀 사람은 천사교의 백팔사도 중 서열 십위 권에 들어가는 고수인 화륜신마였다.

그리고 간발의 차이로 그와 백팔사도의 서열을 경쟁하는 환희마불(歡喜魔佛)도 느꼈다.

환희마불이 순간적으로 심상치 않은 기색을 드러내며 멈춘 화륜신마의 태도에 곧바로 반응을 보일 수 있었던 이유가 바로 그 때문이었다.

"뭐야, 이거?"

"진이다!"

화륜신마는 즉시 사태를 파악하며 돌아서서 외쳤다.

"정지! 움직이지 마라! 다들 행동을 멈추고 그대로 서서 자리를 지켜라!"

느닷없이 대지가 부르르 진동하며 짙은 먹구름이 하늘을 가리고, 사위가 잿빛 안개에 휩싸여 버렸다.

이는 모종의 기문진이 아니면 절대 벌어질 수 없는 자연의 변화였다.

화륜신마는 대번에 그것을 간파하며 실로 냉정하게 합당한 명령을 내린 것이다.

일단은 더 이상 변화가 일어나지 않게 모든 행동을 멈추고 대책을 마련해 보려는 심산이었다.

무릇 호풍환우를 부르는 상승의 기문진일지라도 외부의 자극이 없으면 더 이상의 변화는 일어나지 않는 것이 상례였다.

그러나 돌발적으로 벌어진 상황 앞에서, 그것도 천지가 변하는 상황 앞에서 세상 모두가 그처럼 냉정할 수 있는 것은 아니었다.

수하들은 고사하고 곁에 있던 환희마불부터가 그랬다.

"기문진은 환상이 주다! 진영에 발을 들여놓아서 이런 환상에 빠진 것이니 그대로 물러나면 벗어날 수 있다!"

환희마불은 화륜신마와 다른 생각으로 수하들을 독려했다.

보편적인 기문진의 원리를 생각하면 충분히 일리가 있는 방법이기도 했다.

하지만 화륜신마의 생각은 달랐다.

이건 환상을 일으켜서 눈이나 어지럽히는 보편적인 기문진이 아니라는 느낌이 들었다.

무엇보다도 일단 기문진에 빠진 이상 물러나는 것도 기문진을 동요하게 만드는 짓이었다.

"안 돼! 움직이지 말고 그대로 있어!"

화륜신마는 화들짝 놀라서 소리쳤으나, 이미 늦어 버렸다.

칠흑 같은 암흑이 시야를 가려서 그는 볼 수 없었지만, 그의 명령에 멈추었던 수하들이 환희마불의 말을 듣고 이미 장님처럼 두 손을 허우적대며 물러나고 있었다.

순간, 천지가 다시금 급변했다.

사방이 들끓는 용암처럼 시뻘겋게 이글거리는 불바다로 변해 버렸다.

그리고 그 불바다 사이에서 송곳보다 더 긴 가시가 삐죽거리는 거대한 넝쿨이 솟아나서 천사교도들을 휘감기 시작했다.

적어도 그것이 뒤로 물러나던 천사교도들의 눈에 들어온 모습이었다.

"부, 불이다!"

"으악! 가, 가시가……!"

"살려 줘! 내 몸에 불이 붙었다!"

사방에서 비명이 터졌다.

너 나 할 것 없이 모든 천사교도들이 발작을 일으키듯 아우성치고 있었다.

물론 화륜신마는 수하들이 실제로 그렇게 당하고 있는 것인지 아니면 그저 환상에 빠져 허우적대는 것인지 알 수 없었다.

애초에 모든 움직임을 멈추고 사태를 파악하려던 그의 눈에도 불바다와 그 불바다를 뚫고 치솟는 가시넝쿨은 보였으나, 수하들의 모습은 보이지 않았기 때문이다.

"움직이지 마라! 생문이 있다! 생문을 찾을 때까지 움직이지 말고 그대로 서 있어라!"

화륜신마는 이를 악물고 소리치면서도 애써 냉정을 유지하며 기문진의 생문을 찾기 위해서 정신을 집중했다.

그러다가 뒤늦게 느꼈다.

본능적으로 전신의 내공을 운기해서 호신강기를 펼치는 바람에 모르고 있었는데, 실제로 용광로 같은 열기가 그의 호신강기를 뜨겁게 데우고 있었다.

'환상이 아니라 진짜 불이다! 기문진과 상관없이 실제로 불을 지른 거다!'

화륜신마는 환희마불만이 아니라 자신의 판단도 틀렸다는 사실을 인지하며 망연자실하다가 이내 이를 악물며 지상을 박차고 날아올랐다.

오로지 높은 도약을 위한 경신공부, 전력을 다해서 지상을 박차며 두 다리를 꼿꼿이 편 채 수직으로 날아오르는 극상의 경공술인 어기충소의 일수였다.

순식간에 그의 신형이 먹구름을 뚫고 치솟았다.

그 순간 밤하늘이 열리며 거짓말처럼 지상의 모습이 그의 시야에 들어왔다.

본능에 따른 비상이었는데, 운 좋게도 거기가 기문진을 벗어나는 생문이었던 것이다.

그러나 기문진을 벗어났음에도 불구하고 화륜신마는 전혀 기뻐할 수가 없었다.

그의 시야에 들어온 지상의 상황 때문이었다.

선봉대인 천사교도들의 진영은 불길에 휩싸여서 속절없이 무너지는 중이었고, 후방에서 대기하고 있던 본진은 적의 기습으로 말미암아 이미 피와 살점이 난무하는 아수라장으로 변해 있었다.

"하늘이다! 하늘로 탈출해라!"

화륜신마는 불길 속에서 아우성치는 수하들을 향해 즉시 내력은 담은 일갈을 날리며 적의 기습에 속절없이 무너져 가는 본진을 살펴보았다.

본진에 남아 있던 축양신군을 찾기 위함이었는데, 다행히도 바로 찾을 수 있었다.

축양신군은 후방의 일각에서 싸우는 중이었다.

축양신군을 발견한 화륜신마는 절로 눈을 크게 떴다.

놀랍게도 천하의 축양신군이 고작 하나의 적을 상대로 수세에 몰려 있었다.

"대체 저자가 누구기에……?"

축양신군은 천사교에서 교주 다음가는 십이신군의 하나이

며, 그중에서도 서열 이 위의 절대고수였다.

화륜신마가 실로 무소불위의 능력을 가졌다고 믿는 축양신군을 저렇듯 몰아붙이는 고수가 중원무림에 있다는 사실은 정말 믿기 어려운 일이었다.

그는 즉시 사선으로 빠르게 하강해서 축양신군이 싸우는 전장의 후방으로 날아갔다.

그때, 그가 축양신군이 싸우는 전장의 후방에 도착하기 직전이었다.

"용케도 기문진을 벗어났네?"

낭랑한 목소리와 함께 그의 귓전으로 바람 소리가 스쳤다.

화륜신마는 그것이 적의 기습임을 인지하며 오랜 수련의 결과 자연히 몸에 배인 동작으로 피했다.

동시에 분노의 살기를 더한 포악함으로 무장하며 공방일체의 묘리에 따라 반격했다.

화르륵—!

고도의 열양신공으로 인해 불꽃처럼 혹은 번개처럼 빛을 발하며 휘둘러진 그의 칼이 정확히 상대의 목을 노렸다.

그러나 그가 그랬듯 상대도 그의 공격을 인지하며 무위로 돌렸다.

그런데 그 방법이 놀라웠다.

쩡—!

둔탁한 금속성과 함께 그의 불타는 칼이 멈추었고, 칼의 손잡이를 잡고 있는 그의 손아귀가 쩌릿한 통증으로 마비되었다.

상대가 피하지 않고 마주 검을 휘두르는 것으로 막아 낸 결과였다.

화륜신마는 격돌의 여파로 더는 경신술을 펼칠 수 없는 상태가 되는 바람에 지상으로 내려서 상대를 확인했다.

낭랑한 목소리를 듣고 혹시나 했는데, 역시나 상대는 놀랍게도 여자였다.

그 여자, 화륜신마는 아직 모르고 있지만, 바로 이제는 검영이라는 이름으로 살아가는 남해청조각의 검후가 놀라는 싱긋 웃으며 그를 칭찬했다.

"제법이네?"

화륜신마는 이제야말로 절실하게 깨달았다.

천사교주가 정 태감에게 황제의 제가를 받도록 해서 추진한 이번 계획은 완벽한 실수였다.

천사교는 풍잔에 대해서 너무나도 몰랐다.

가녀린 몸으로 아무렇지도 않게 그의 검을 막아 내며 싱긋 웃고 있는 눈앞의 여자가 그것을 온몸으로 증명하고 있었다.

지금 그가 마주한 그녀의 전신에서 풍기는 기세는 살기와 검기가 절묘한 조화를 이룬 것으로, 그녀 자체가 한 자루 검이라고 해도 절대 과언이 아니었다.

다행스럽게도 아니, 어쩌면 불행하게도 그는 그 정도는 충분히 파악할 수 있는 고수였다.

화륜신마는 본능처럼 자신의 부족함을 절감하며 속으로 부르짖었다.

'물러나야 한다!'

"저놈하고 저놈은 끝났고, 저기 저 저놈은 누가……?"

아수라장으로 변한 백리평의 전장을 편하게 서서 조망할 수 있는 언덕이었다.

제갈명은 사전에 요주의로 평가한 적의 상태를 냉정하게 평가하며 주변을 둘러봤다.

풍잔의 몇몇 요인들은 사전에 계획했던 것에 따라 아직 전장에 나서지 않고 그의 곁에서 대기하고 있었던 것인데, 지금 말하는 저놈이 누군지는 따로 설명하지 않아도 되었다.

다들 그가 말하는 저놈하고 저놈은 예충이 몰아붙이고 있는 축양신군과 검영이 상대하는 화륜신마이며, 지금 상대를 찾는 저놈은 이제 막 제갈향이 펼친 기문진에서 벗어나고 있는 배불뚝이 대머리 환희마불임을 알 만한 사람들이었다.

"제가 처리하지요."

제갈명의 말이 끝나기 무섭게 검은 면사로 하관을 가린 묵인 여인, 오독문의 독후 이이아스가 나섰다.

제갈명은 멋쩍게 웃으며 손사래를 쳤다.

"아니요. 독후께서는 안 됩니다. 따로 맡아 주실 일이 있거든요."

이이아스가 안 된다는 말에 미간을 찌푸리다가 따로 맡을 일이 있다는 말에 눈을 빛내며 물었다.

"어떤 일이죠?"

제갈명은 선봉대인 천사교도들이 불길에 휩싸인 채 일부는 죽어 가고 일부는 살기 위해서 발버둥치고 있는 기문진을 가리켰다.

안에서는 밖을 볼 수 없지만, 밖에서는 안이 훤하게 보이는 것이다.

"저들은 살려 둘 이유가 없는 자들입니다. 부탁드립니다."

독후가 대번에 제갈명의 의도를 알아채며 가만히 고개를 끄덕이고 기문진을 향해 나아갔다.

"알겠어요. 제가 처리하죠."

제갈명이 그제야 만족한 얼굴로 나머지 사람들을 둘러보았다.

그런 그와 시선이 마주친 위지건이 우직하게 말했다.

"주군이 나는 제갈 군사의 곁을 지키라고 했다."

제갈명이 어색하게 웃으며 대꾸했다.

"예, 압니다. 그저 시선이 마주쳤을 뿐이에요."

위지건이 머쓱하게 딴청을 부렸다.

그때 그의 곁에 서 있던 대력귀가 사내처럼 고개를 좌우로 흔들어서 우둑 소리를 내며 나섰다.

철마립이 그녀의 앞을 막고 나서며 먼저 말했다.

"제가 처리하죠."

대력귀가 곱지 않은 시선으로 철마립을 바라보았다.

철마립이 그녀의 속내를 읽은 듯 슬쩍 손을 들어 보이며 부정했다.

"여자라고 무시하거나 배려해서가 아니오. 그저 저자의 무력이 궁금해서이니 양보해 주시오."

대력귀가 그제야 안색을 풀며 어깨를 으쓱였다.

"그렇다면야 기꺼이 양보하죠."

철마립이 고맙다는 듯 가볍게 손을 흔들며 지상을 박차고 시위를 떠난 화살처럼 쏘아졌다.

그리고 대번에 환희마불의 앞을 가로막았다.

환희마불이 흠칫 놀라서 본능적으로 칼을 휘둘렀다.

철마립이 어느새 뽑아 든 칼을 슬쩍 쳐들어서 막았다.

챙-!

거친 금속성이 터졌다.

환희마불의 눈이 커졌다.

당황이었다.

단지 휘두른 칼이 막혔을 뿐인데도 손바닥이 찌릿한 격통을 느꼈던 것이다.

철마립이 그런 환희마불을 바라보며 가만히 고개를 끄덕였

천외천의
주인

다.

"제법 흉포한 칼질이네. 계속해 봐."

환희마불의 눈에 불똥이 튀었다.

"건방진 놈!"

칼날 끝이 톱날처럼 뾰족뾰족한 그의 칼이 말보다 빨리 휘돌려지며 철마립의 목을 노렸다.

칼날이 닫기도 전에 도착한 도기가 철마립의 목을 긁어서 붉게 만들었다.

막기에는 늦어서 물러나는 것밖에는 피할 방법이 없는 것으로 보였는데, 철마립은 그대로 서서 칼을 휘둘렀다.

늦게 휘둘러진 그의 칼이 다시금 환희마불이 휘두른 칼을 막았다.

챙ㅡ!

요란한 금속성이 터졌다.

"윽!"

깨지고 조각난 도기가 불똥처럼 사방으로 튀는 가운데, 환희마불이 신음을 억누르며 뒤로 물러났다.

의지와 무관하게 격돌의 여파에 밀려난 것이었다.

철마립도 뒤로 물러났다.

그 역시 격돌의 여파를 이기지 못한 것인데, 적어도 환희마불보다는 나았다.

철마립은 보다 빨리 중심을 잡고 앞으로 나서며 환희마불을 향해 칼끝을 까딱였다.

"좀 더 힘을 내봐."

뒤늦게 중심을 잡아가던 환희마불의 얼굴에 푸른빛이 감돌았다.

심중의 분노가 용암처럼 비등하는 모습이었다.

이를 악문 그가 제대로 중심을 잡기도 전에 돌발적으로 쇄도하며 칼을 휘둘렀다.

"죽어라!"

배불뚝이 덩치와 어울리지 않게 빠른 반전이었다.

폭풍과도 같은 도기가 일어나서 철마립의 목을 찔러 들고 있었다.

"그 정도로는 어렵다."

목으로 칼끝이, 그에 앞서 서릿발 같은 도기가 파고들기 직전이니 얼른 막아야 하는 바쁜 와중에도 철마립은 말대꾸부터 하고 손을 썼다.

수중의 칼을 전면으로 내밀며 휘돌려서 검막을 발휘하는 방어였다.

채챙—!

환희마불의 칼이 튕겨 나갔다.

반탄력을 이기지 못한 그의 신형이 누가 뒤에 잡아끄는 것처럼 빠르게 밀려 나갔다.

간신히 칼을 놓치지는 않았으나, 대신 그는 칼을 잡은 손을 다른 손으로 힘껏 받쳐야 했다.

어느새 검막을 거둔 철마립이 밀려나는 그의 전면으로 거머리처럼 따라붙으며 중얼거렸다.

"됐다. 더 볼 것은 없는 것 같네."

환희마불이 본능이 알려 주는 위기감에 당황하며 수중의 칼을 쳐들었다.

하지만 그는 아직 의지와 무관하게 밀려 나가는 중이라 제대로 칼이 들리지 않았고, 철마립의 칼날은 그가 눈으로 보고 느끼는 것보다 빨랐다.

서걱-!

섬뜩한 소음이 울렸다.

쾌속하게 공간을 가른 철마립의 칼이 미처 칼을 다 들어올리기 전인 환희마불의 손목을 날려 버리는 소리였다.

"크윽!"

환희마불이 칼을 잡은 채로 날아가는 자신의 손에 경악하며 절로 신음을 흘렸다.

그 순간이었다.

유령처럼 그의 뒤에서 모습을 드러낸 칼날 하나가 단숨에 그의 목을 베어 버렸다.

취릭-!

목에 붉은 선이 가기 시작한 환희마불의 눈가에서 경련이 일어났다.

그 상태로 그의 머리가 정상이라면 도저히 그럴 수 없는 방향으로 기울어지며 몸통과 분리되어 바닥으로 떨어지고, 그 위로 썩은 고목처럼 기울어진 몸이 쓰러졌다.

그제야 유령처럼 나타나서 환희마불의 목을 베어 버린 칼날의 주인이 철마립의 시야에 들어왔다.

작고 왜소한 체구에 창백한 안색이고, 머리에는 유건, 몸에는 낡은 잿빛 장삼을 걸쳐서 이십 대의 낙방수재로 보이지만, 실제는 반노환동한 백수(白壽) 고령의 노인인 잔월이었다.

그 잔월이 어느 쪽이든 상당한 수양을 쌓은 사람이 아니면 절대 보일 수 없는 깊은 눈빛으로 철마립을 바라보며 따끔하게 충고했다.

"수련이 아니라 목숨을 건 싸움이다. 네가 여유를 부리는 사이에 아군의 피가 늘어날 수 있다."

철마립은 평소 말이 많은 사람이 아니었으나, 이번에는 실로 유구무언이었다.

그는 즉시 고개 숙여 사과했다.

"죄송합니다. 제 생각이 짧았습니다."

잔월이 픽 웃으며 돌아섰다.

"알았으면 어서 빨리 끝내라."

철마립은 거듭 고개를 숙이고는 수중의 칼을 허공에 휘둘러서 피를 털어 내며 장내를 둘러보았다.

전장의 싸움이 빠르게 끝나가고 있었다.

그는 잔월의 충고대로 싸움을 보다 더 빨리 끝내기 위해서 빠르게 전장으로 나아가며 칼을 휘두르기 시작했다.

쐐애액―!

낭창거리는 검날이 서릿발보다 더 예리한 검기를 이글거리 며 소름끼치도록 매서운 파공음을 일으키고 있었다.

거칠고 신속하게 화륜신마의 오른쪽 어깨에서 왼쪽 옆구리 를 잇는 선을 따라서 무서운 기세로 휘둘러지는 검영의 검극이 었다.

화륜신마는 감히 경시하지 못하고 앞선 공격으로 인해 아래 로 숙여진 칼을 높이 쳐들어서 검극을 막았다.

쩡―!

거친 금속성이 터지며 조각난 검기와 도기가 사방으로 튀었 다.

충돌과 동시에 칼날을 타고 미끄러진 검영의 검극이 화륜신 마의 어깨를 스치며 지나갔다.

호신강기가 베어져 나가며 검극과 무관하게 이글거리는 검 기에 스친 화륜신마의 어깨 옷깃이 잘려져 흩날렸다.

화륜신마는 그 순간에 보았다.

그의 뒤를 따라서 기문진을 벗어난 환희마불의 목이 유령처 럼 홀연히 나타난 젊은 사내의 단칼에 베어져서 허공으로 떠 오르고 있었다.

화륜신마는 절로 등골이 오싹해졌다.

그가 아는 환희마불의 무공은 결코 자신보다 아래가 아니었다.

하물며 환희마불의 호신강기는 그보다 윗길에 있었다.

돌발적인 기습이라고는 하나, 그런 환희마불이 손쓸 사이도 없이 목이 잘려서 죽는 모습은 가히 충격이었다.

'물러나야 한다!'

검영을 마주한 순간부터 이번 싸움은 승산이 없다고, 어떻게든 장내를 벗어나야 한다고 생각하며 틈만 노리고 있던 화륜신마의 작심이 더욱 확고해졌다.

매사에 유리처럼 투명한 그의 이성도 그 바람에 조급함으로 흐려졌고, 전에 없이 싸우던 상대의 움직임을 놓치는 실수를 범하고 말았다.

그리고 그 상대가 다른 누구도 아닌 검영인 이상, 그 실수는 실로 치명적이었다.

쐐애액-!

예리한 파공음이 일어났다.

검영은 화륜신마의 어깨가 휩쓸린 순간부터 이미 그의 옆을 지나서 뒤로 돌아가고 있었고, 그 순간에 한눈을 파는 그를 보고는 즉각 반응해서 검을 휘두른 것이었다.

"헉!"

화륜신마는 뒤늦게 자신의 실태를 인지하며 다급하게 필생 절기인 화륜(火輪)을 펼쳤으나, 이미 늦어 버렸다.

천외천의
주인

그의 필생 절기인 화륜은 버드나무가지처럼 낭창거리는 그의 칼을 둥글게 말아서 적에게 날리는 일종의 비도술이었다.

양강진력으로 인해 불이 붙은 것처럼 이글거리며 날아가는 모습이 마치 불타는 륜과 같아서 화륜인 것이다.

하지만 오늘의 화륜은 미처 원으로 만들어지기 전에 다시 곧게 펼쳐지며 저 멀리 날아가 버렸다.

전광석화처럼 휘둘러진 검영의 검이 둥글게 말아지는 화륜신마의 칼날을 강하게 후려친 결과였다.

그것으로 그들의 승패와 생사가 갈렸다.

검영의 검이 그러고도 힘이 남아서 칼을 놓치고 당황하는 화륜신마의 가슴을 길게 수직으로 갈라 버렸던 것이다.

"크으⋯⋯!"

화륜신마는 피 화살을 뿜어내는 자신의 가슴을 부둥켜안고 비틀거리며 뒷걸음질 했다.

물러나는 그의 발이 발목까지 땅에 박히고 있었다.

그의 가슴을 길게 갈라놓은 검영의 검에는 그만큼 엄청난 여파가 뒤따랐던 것이다.

검영이 그런 화륜신마의 전면으로 무섭게 빛살처럼 빠르게 쇄도해 들어가며 재차 검을 휘둘렀다.

칙―!

번뜩이는 섬광과 함께 예리한 소음이 짧게 흘렀다.

화륜신마가 움찔하는 것 말고는 아무것도 할 수 없는 그 순간에 검영의 신형은 이미 그의 겨드랑이 아래를 스쳐 지나서 검을 앞으로 뻗어 낸 자세로 그림처럼 서 있었다.

화륜신마의 눈가에서 부르르 경련이 일어났다.

그게 그가 살아생전에 할 수 있는 마지막 몸부림이었다.

이내 허리에서부터 반으로 잘라신 그의 몸이 싱체는 앞으로, 하반신은 뒤로 쓰러졌다.

백팔사도의 수좌 자리를 놓고 경쟁하던 화륜신마의 죽음은 그처럼 잔혹하면서도 허망했다.

검영은 돌아보지도 않고 앞으로 뻗어 냈던 검을 조용히 내렸다.

그녀는 검극에서 전해지는 느낌만으로도 상대의 죽음을 알 수 있는 검도 고수였기 때문에 굳이 화륜신마의 죽음을 확인할 필요가 없었다.

그래서 그녀는 수중의 검을 갈무리하지 않은 채 그대로 서서 장내를 둘러보았다.

그리고 살짝 미간을 찌푸렸다.

다음으로 상대할 마땅한 표적을 찾으려는데 마땅한 적이 눈에 띄지 않았던 것이다.

그녀는 이내 포기하며 그제야 수중의 검을 검갑에 갈무리했다.

그러다가 문득 눈을 빛냈다.

상대할 만한 적은 없었으나, 관심이 가는 적은 있었다.

예충이 상대하고 있는 축양신군이 바로 그 주인공이었다.

예충과 축양신군은 막상막하, 용호상박의 격전을 벌이고 있었다.

예충이 우세를 점하며 몰아붙이는 형국이 분명했지만, 그게 다였다.

축양신군은 적잖게 밀리고 있으면서도 유효적절하게 예충의 공격을 방어하며 버티고 있었다.

아무래도 쉽게 끝날 싸움으로 보이지 않았다.

잠시 그림처럼 서서 그들의 격전을 지켜보던 검영은 이내 그들의 곁으로 다가갔다.

전장의 싸움은 거의 다 정리되어 가고 있는 참이라 그녀가 신경 쓸 이유가 없다고 판단하고 보다 가까이서 그들의 싸움을 지켜보기 위함이었다.

그런데 그런 사람은 그녀만이 아니었다.

적지 않은 사람들이 그녀처럼 그들의 곁으로 다가가고 있었다.

쌍노와 반천오객의 세 노인, 그리고 잔월과 풍사 등 이미 싸움을 끝낸 풍잔의 요인들이었다.

백리평의 싸움이 빠르게 정리되어 가는 가운데, 예충과 축양신군은 졸지에 하나같이 자신들과 버금가는 고수들이 만든 인의 장막 안에서 싸우고 있었다.

철옹성 (2)

축양신군이 그것을 느낀 것은 예충의 일격을 막기는 했으나, 그 여파에 뒤로 주룩 대여섯 장이나 밀려나는 순간이었다.

적잖은 시선이 자신을 주시하고 있었다.

그것도 하나같이 그를 절로 경계하게 만들 정도로 범상치 않은 기도를 갈무리한 자들의 시선이었다.

축양신군은 그제야 상대 예충의 치열한 압박으로 인해 제대로 살피지 못하고 있던 전장을 둘러보았고, 또한 그제야 상황이 어떻게 돌아가고 있는 것인지 파악하며 소스라치게 놀랐다.

싸움은 이미 끝나가고 있었다.

그 많던 병력이 다 어디로 간 것일까?

사방에 피를 흘리고 죽은 주검들이 널브러진 전장에는 고작 일천 명도 안 되는 병사들만이 구석으로 몰려 있었다.

그것도 항쟁하는 것이 아니라 다들 무릎을 꿇은 채 두 손을 들어서 대항할 의지가 없음을 드러낸 모습이었다.

그러나 축양신군을 더욱 어이없게 하는 것은, 그래서 허탈하다 못해 절망하게 만든 것은 선봉대로 나섰던 천사교도들의 모습이었다.

기문진에 빠져서 허덕이다가 불길에 휩싸인 그들은 온전히 서 있는 자가 하나도 없었다.

그야말로 전멸, 불길이 가라앉은 그곳에는 시커멓게 타 버린 주검만이 즐비했다.

기습을 하려다가 오히려 역습을 당해서 상황이 매우 불리하다는 것은 익히 알고 있었으나, 이건 해도 너무한 완패였다.

'이런 병신 같은 것이……!'

축양신군은 새파랗게 질려 버린 와중에도 병사들을 지회하던 후군도독 지자천을 욕했다.

이건 실로 지자천의 무능이 불러 온 결과였다.

지자천의 무능한 지휘로 인해 병사들의 대부분이 제대로 싸워 보지도 않고 도주한 게 분명했다.

지자천이 조금이라도 제대로 지휘했다면 절대 이런 상황이 벌어질 수가 없었다.

'명색이 장군이라는 놈이……!'

이럴 줄 알았다면 지자천에게 병력의 지휘를 맡기는 것이 아니었다.

어떻게든 자신이 병력을 통솔해야 했었다.

정 태감의 체면을 생각해서 불안한 마음이 있었음에도 끝까지 병력의 통솔을 맡겼던 것이다.

그런데 그게 실수였다.

명색이 장군이라는 놈이 이 정도일 줄은 정말 몰랐다.

축양신군은 절로 그런 후회가 밀려왔으나, 후회는 아무리 빨라도 늦었다.

이미 싸움은 졌고, 그 역시 궁지에 몰려 있었다.

'빠져나가야 한다!'

분명한 열세를 알면서도 끝까지 버티며 싸우는 것은 바보도 하지 않는 멍청한 짓이었다.

마음을 다잡은 축양신군은 득달같이 예충에게 달려들며 칼을 휘둘렀다.

사력을 다한 공격, 도주할 틈을 찾으려는 고도의 기만술이었다.

땅-!

벌써부터 다가서던 예충이 기다렸다는 듯 칼을 들어서 그의 공격을 막았다.

거친 금속성이 터졌다.

칼과 칼이 부딪치는 소리라고는 도저히 믿을 수 없는 그 소리와 함께 그들, 두 사람의 신형이 주룩 뒤로 미끄러졌다.

막강한 반탄력에 밀려난 것이었다.

"뭐야? 이제야 제대로 할 마음이 든 거냐?"

예충이 튕겨지는 와중에 누런 이를 드러내고 웃으며 기민하게 반전해서 쇄도해 들었다.

단순하게 사선을 그리며 휘둘러지는 그의 칼에서 폭풍과도 같은 기세가 일어나고 있었다.

축양신군은 애써 중심을 잡으며 수중의 칼을 쳐들어서 예충의 공격을 막았다.

땅-!

거친 금속성이 터졌다.

조각난 도기가 불똥처럼 사방으로 튀었다.

와중에 재차 뒤로 밀려난 축양신군은 의지와 무관하게 몸이 달았다.

전력을 다한 그의 공격을 대수롭지 않게 막으며 오히려 그보다 먼저 중심을 잡고 반격에 나서는 예충의 무력은 실로 예사롭지 않았다.

아니, 솔직히 말하면 그로서도 상대하기가 버거웠다.

이런 놈을 상대하면서 도주할 틈을 찾기란 정말 쉽지 않은 일이었다.

'게다가 저놈들!'

격전을 벌이는 그들의 주변을 에워싸서 인의 장막을 만들고 있는 자들도 하나같이 범상치 않았다.

천외천의
주인

정확히 말하면 그들 모두에게서 지금 상대하고 있는 예충과 고하를 가늠하기 어려운 고수의 풍모가 느껴졌다.

실수든 뭐든 예충이 드러낸 틈을 이용해서 도주를 감행하더라도 그들을 뛰어넘기란 정말 요원해 보였다.

그런데 그때 그런 축양신군의 울화통이 터지게 만드는 사태가 벌어졌다.

인의 장막을 만들어 놓고 그들의 격전을 지켜보던 자들이 주고받는 대화가 그랬다.

"이상하군."

"뭐가요?"

"비록 추잡하고 더럽게 인신공양으로 쌓은 양강진력이긴 해도 제법 화후가 뛰어난 놈인데, 검기가 너무 얕아. 검강을 써도 전혀 이상할 것이 없는 놈인데 말이지."

"이상할 것도 많네요."

"저놈이 왜 저러는지 알고 있다는 거냐?"

"알고 자시고 할 게 뭐 있습니까. 뻔한 거잖아요."

"뭐가 뻔한 건데?"

"비장의 한수로 감춰 놓은 거죠."

"이 마당에 왜?"

"이 마당이니까요. 틈을 보다가 결정적인 한 방을 갈기고 도주하겠다. 이거 아니겠습니까."

"우리를 뚫고?"

"우리가 다 허수아비로 보이나 보죠."

"미친놈일세."

"당연한 말씀을 하시네. 정상적인 놈이면 인신공양으로 내공을 쌓지 않죠."

"그렇군."

"그보다 우리 내기할까요?"

"무슨 내기?"

"도망치는 저 인간을 누가 먼저 잡는지."

"그거 재미있을 것 같군요."

"나도 재미있을 것 같기는 하다만, 설마 예 선배가 저놈을 놓치겠냐? 저 자존심에 팔 한쪽을 내주더라도 악착같이 잡을 거다."

"그럴까 봐 내기하자는 거예요. 고작 저 따위 놈 하나 잡아 죽이자고 그런 손해를 보면 어쩌자고요."

"그렇긴 하지."

"쌍노께서 나서 주세요. 두 분이 나서 주시면 예 노야도 마지못해 물러나 주실 겁니다."

"내기의 대가는 술로 하지. 값비싼 걸로!"

대화가 그렇게 끝나고, 두 명의 노인이 한걸음씩 앞으로 나섰다.

축양신군은 모르지만, 무림쌍괴 환사와 천월이었다.

환사가 성격대로 거두절미하고 투박하게 먼저 말했다.

"들었으면 좀 뒤로 빠지쇼."

천월이 늘 그렇듯 차분한 어조로 조리 있게 예충을 구슬렸다.

"예 선배가 다치면 주군의 심경이 좋지 않으실 거요. 아직도 석년처럼 손발이 뜻대로 따라 주지 않아서 자신에게 화가 나는 것은 이해하지만, 아무리 그래도 예 선배가 몸까지 상해 가면서 잡을 놈이 아니오, 저놈은."

"……!"

예충이 싫지만 어쩔 수 없겠다는 듯 한숨을 내쉬며 고개를 끄덕이는 것으로 수긍했다. 그리고 수중의 칼을 내리며 묵묵히 한 발짝 뒤로 물러났다.

"이것들이 정말……!"

이게 뭔가 싶은 표정으로 그들의 대화를 듣던 축양신군의 분노가 그와 동시에 폭발했다.

정확히는 그렇게 보이도록 분노를 표출하며 예충에게 달려드는 척 하다가 그대로 저편 하늘로 신형을 날렸다.

고도의 기만술, 도주였다.

그러나 실패였고, 그래서 빨리 죽었다.

흡사 거대한 올가미가 순식간에 좁혀지는 것처럼 보였다.

축양신군이 울컥 치솟는 분노를 냉정하게 억누르며 지상을 박차고 날아올랐을 때, 자신의 분노한 모습을 기만술로 활용해서 도주를 감행하는 그 순간에, 일정한 거리를 두고 그와 예충을 에워싸고 있던 쌍노와 풍사 등의 반응이 그런 광경을 연출했다.

실로 순식간에, 그보다 늦게 반응했으나 그보다 빠르게 혹은 비등한 속도로 비상해서 허공에 떠오른 그를 에워싼 것이다.

"헉!"

축양신군은 감히 상상조차 하지 못한 상황 앞에서 전에 없이 헛바람을 삼키며 물러났다.

생각하고 움직인 것이 아니라 그야말로 반사적으로 나온 행동이었다.

하지만 그것도 실수였다.

그는 그야말로 올가미에 휘감긴 것처럼 포위되었다.

쇄액ㅡ!

섬뜩한 살기가 그의 등을 찌르고 들어왔다.

그는 모르지만 풍사의 신랄한 창극이었다.

그제야 자신의 실수를 깨달은 축양신군은 다급히 측면으로 방향을 틀었다.

발을 디딜 수 있는 것이 아무것도 없는 허공이었으나, 그는 그것이 가능한 고수였다.

그러나 거기에도 기다리는 사람이 있었고, 하필 그 사람은 그를 포위한 사람들 중에서도 손꼽히는 강자, 바로 환사였다.

"내기는 내가 이겼다!"

말보다 빨리 휘둘러진 환사의 칼이 서릿발처럼 싸늘한 냉광을 뿌려 내며 맹렬하게 허공을 갈랐다.

고작 수중의 칼을 휘두르는 한 동작처럼 보였으나, 실제는 그렇지가 않았다.

눈으로 셀 수도 없이 무수한 칼 그림자가 일어나며 그의 전신을 그물에 가둬 버리는 듯한 공격이었다.

"익!"

축양신군은 사력을 다해서 수중의 칼을 휘둘렀다.

맞서 싸우겠다는 것이 아니라 실로 살기 위한 방어였다.

깡—!

요란한 금속성이 터지며 축양신군의 신형이 뒤로 튕겨 나갔다. 다행히 방어에는 성공했지만, 그 여파까지 다 감당하지는 못한 것이다.

반면에 환사는 뒤로 밀리는 듯하다가 그대로 멈추며 혀를 찼다. 자신의 공격이 막혔다는 사실이 불쾌하고 짜증스러운 표정이었다.

"쳇!"

축양신군은 튕겨지는 와중에도 그 모습을 보고는 모욕감을 느꼈으나, 그건 아주 잠시였다.

무지막지한 장력이 튕겨지는 그의 등을 강타했기 때문이다.

꽝—!

강렬한 타격음과 함께 축양신군의 등이 활처럼 휘었다.

그가 튕겨지는 방향에 있던 대력귀의 장력이었다.

축양신군은 울컥 피를 토하면서도 다급히 측면으로 방향을 바꾸었다.

앞서 자신의 공격을 막아 낸 그에게 분노한 환사가 어느새 그의 전면으로 쇄도하고 있었기 때문이다.

지금의 그에겐 고통을 느낄 여유조차 없었는데, 그 순간 그는 깨달았다.

지금 이 자리에 그가 피할 곳은 존재하지 않았다.

서걱—!

섬뜩한 감각이 그의 옆구리에서부터 뇌리로 직결되었다.

그가 피하는 방향에 있던 검경의 일검이었다.

그리고 그게 시작이었다.

"크으……!"

신음을 흘리며 휘청거리는 그의 어깨에 풍사의 창극이 날아와 박혔다.

고통은 둘째 치고 창극에 실린 힘에 밀려서 휘청거리며 물러나는 그의 목으로 예리한 바람이 불어왔다.

그가 볼 수 없는 어디선가 날아온 섬광, 뒤로 멀찍이 떨어져 있던 화사가 날린 절대 암기, 비환이었다.

"익!"

축양신군은 사력을 다해서 몸을 비틀었다.

다행히 효과가 있었으나, 그는 그걸 다행이라고 생각할 수 없었다.

목이 끊어지는 것을 모면한 대가로 미처 피하지 못한 한쪽 팔을 내놓아야 했기 때문이다.

석둑—!

팔뚝에서부터 잘려진 그의 팔이 허무하게 지상으로 추락했다.

그가 꿈틀거리며 떨어지는 자신의 팔을 확인하는 순간에야 매끄럽게 잘려진 팔뚝의 단면에서 피 화살이 뿜어졌다. 그리고 그 고통 역시 그는 느낄 새가 없었다.

꽝—!

누군가의 장력이 다시금 그의 뒷등을 때렸다.

그사이 사각으로 다가선 환사의 칼이 그의 반대편 어깨를 가르며 지나갔고.

그 뒤로 철마립이 휘두른 칼이 그의 다리 하나를 떼어 냈다.

"크아아악!"

축양신군은 고통을 앞서는 절망에 겨워 비명을 내질렀다.

분명 사전에 손을 맞춘 합공이 아니라 다들 제각기, 그야말로 제멋대로 공격하고 있는데, 이상하게도 사전에 손을 맞춘 그 어떤 합공보다도 더 정교하게 그를 핍박하고 있었다.

순전히 그들 개개인의 무공이 그를 앞서거나 적어도 버금가기 때문에 벌어지는 결과였다.

축양신군이 의지와 무관하게 그것을 절감하며 몸부림치는 순간이었다.

선뜻한 바람이 그의 목을 휩쓸고 지나갔다.

유령처럼 홀연히 그의 뒤에서 모습을 드러낸 잔월의 칼이 목을 베어 버린 것이다.

"......!"

축양신군은 비명도 지르지 못한 채 기울어지는 세상 속에서 머리가 떨어진 자신의 육체를 바라보며 암흑을 마주했다.

죽음이었다.

"......!"

우연찮게 시작된 내기로 인해 합공하던, 아니, 합공이라기보다 사냥에 나섰던 모두가 하나같이 닭 쫓던 개가 지붕을 쳐다보듯 멍하니 서서 지상으로 추락하는 축양신군의 주검과 잔월을 번갈아 보고 있었다.

뒤늦게 환사가 투덜거렸다.

"이런 젠장! 닭 쫓던 개가 지붕 쳐다보는 꼴이군."

잔월이 무색해진 표정으로 콧잔등을 긁었다.

"내가 죽이면 안 되는 거였나?"

아까 내기를 할 때 잔월은 다른 곳에서 싸우느라 아직 자리하지 않고 있어서 내용을 모르는 것이다.

"꽁술 마시게 돼서 좋겠소!"

환사가 성난 시어미처럼 눈을 흘기며 투정을 부리고는 지상으로 하강했다.

천월과 풍사 등 주변에 떠 있던 나머지 풍잔의 요인들도 그 뒤를 따라서 지상으로 내려갔다.

어리둥절해하는 잔월이 마지막이었다.

그들의 새처럼 사뿐하게 내려앉은 지상, 백리평은 이미 모든 싸움이 끝나서 피비린내 속에 고요한 정적이 내려앉아 있었다.

그들의 싸움이 마지막이었던 것인데, 그때부터 정리가 시작되었다.

수천에 달하는 시체가 한데 모여서 산처럼 쌓여 갔다.

다행스럽게도 그 속에 풍잔의 희생자는 단 한 명도 보이지 않았다.

자발적으로 나선 검매 사문지현과 작도수 이칠과 팔비수 양의의 지휘 아래 전장을 정리하는 홍당과 대도회, 백사방의 제자들이 밝은 표정인 것은 아마도 그래서일 터였다.

제갈명이 빠르게 정리되어 가는 전장을 훑어보며 기꺼운 표정으로 말했다.

"이자가 멍청해서 다행이지 뭡니까. 쪽수가 쪽수인지라 끝까지 버텼으면 적은 말할 것도 없고, 아군 역시 눈먼 화살에라도 당해서 적잖은 사상자가 나왔을 텐데, 이자가 지레 겁먹고 항복해 준 덕분에 이런 완승을 거뒀네요."

지금 풍잔의 요인들이 집결한 곳에는 머리를 풀어 헤친 장수 하나가 무릎을 꿇고 있었다.

바로 이번 황군의 지휘자인 후군도독 지자천이었다.

대력귀가 말을 받았다.

"제갈향 부군사와 귀매를 위시한 이매당의 매자들의 공이 컸어요. 천사교도들이 기문진에 갇히지 않았다면, 그리고 귀매와 매자들이 놈들 속에 잠입해서 놈들에게 적아를 구분할 수 없게 만들지 않았다면 이렇듯 쉽게 끝낼 수 있는 싸움이 아니었어요."

제갈명이 은근한 어조로 말했다.

"역시 그렇죠. 제가 괜히 그런 계획을 세운 것이 아닙니다. 힘힘!"

예충이 제갈명의 대꾸와 상관없이 대력귀의 말을 받을 받아서 부연했다.

"광풍대의 공도 컸어. 광풍대가 놈들의 진영을 헤집어 놓지 않았다면 많이 곤란했을 게야."

제갈명이 슬쩍 다시 끼어들며 말했다.

"그것도 제가 계획해서……."

사사무와 풍사가 제갈명의 말을 외면하며 대력귀와 예충의 말에 대답했다.

"우리들보다야 이런 대규모 싸움에 서툰 홍당과 대도회, 백사방의 애들을 이끌고 놈들의 후방을 무너트린 노야들의 공이 컸지."

"본인의 생각도 같소. 놈들의 인원이 인원인지라 그렇게 빨리 후방을 무너트리지 않았다면 꽤나 고생했을 싸움이었소."

제갈명이 얼굴을 붉히며 버럭 했다.

"그것도 내가 계획한 거잖아요! 악!"

제갈명이 말미에 비명을 지르며 두 손으로 머리를 감쌌다.

환사가 대뜸 주먹으로 그의 머리를 쥐어박았기 때문이다.

"너는 어린애도 아닌 게 그렇게 자화자찬하면 낯부끄럽지도 않냐?"

"우씨!"

제갈명이 정말 아픈 듯 두 손으로 머리를 마구 비비면서도 쌍심지를 곤추세우며 반발했다.

"부끄럽긴 뭐가 부끄러워요! 내가 한 걸 내가 했다고 말하는 건데! 잘한 건 잘했다고 해 줘야지요! 빨리 해 줘요! 나도 칭찬받고 싶다고요!"

환사가 칭찬 대신 재차 주먹을 쳐들었다.

"네가 매를 버는구나."

제갈명이 지래 자라목을 하면서도 악을 썼다.

"누가 주먹을 달래요? 칭찬을 해 달랬지!"

"이놈이 그래도……!"

환사가 뭐 이런 놈이 다 있나 싶은 눈빛으로 제갈명을 쳐다보며 주먹을 휘둘렀다.

그 손을 천월이 잡아채며 말했다.

"잘했다. 우리 군사 아주 잘했어. 우리 군사 덕분에 이렇게 큰 싸움에서 전혀 손해를 안 볼 수 있었네그려. 다들 그렇게 생각하지?"

모여 있던 풍잔의 요인들이 머쓱하게 눈치를 보았다.

천월이 은연중에 부라린 눈으로 그들을 보았다.

당사자 앞에서 다른 사람이 시키는 대로 칭찬을 하자니 적잖게 낯부끄러워서 눈치를 보고 있던 사람들이 서둘러 한마디씩 했다.

"그렇죠. 제갈 군사 덕분이죠."

"암, 제갈 군사의 계획이 아니었으면 다들 많이 다쳤지."

"내 말이 그 말이야. 오늘 싸움은 제갈 군사가 다 한 거야."

"제갈 군사 최고!"

제갈명이 그제야 조금 멋쩍은 듯 딴청을 부리며 헛기침을 했다.

그러면서도 전혀 싫은 표정은 아닌지라 오히려 칭찬을 하는 사람들이 절로 닭살이 돋는 기분을 감추느라 애쓰고 있었다.

제갈명을 제외하면 다들 닭살이 돋아서 오싹한 이 분위기를 어떻게 바꾸나 고민하는 참에, 구원자가 나타났다.

전장을 정리하던 사문지현과 이칠, 양의가 바로 그들이었다.

전장 정리가 다 끝난 것이다.

사람들의 시선이 쏠리자, 사문지현이 대표로 나서며 말했다.

"다행히 우리 쪽 사망자는 없네요. 사망자는 전부 다 적들인데, 생각보다 많아요."

사문지현의 낯빛은 매우 어두웠다.

그녀 역시 이런 싸움을 처음 겪어 본 까닭에 몹시 무거운 마음인 것 같았다.

제갈명이 언제 머쓱했냐는 듯 멀쩡한 표정으로 물었다.

"얼마나 되죠?"

사문지현이 대답했다.

"확인한 사망자만 삼천이백칠십 명이에요. 나름 버티다가 칼을 맞고 도주한 자들이 무수하니, 실제는 이보다 더 많겠죠."

예충이 나서며 한숨을 내쉬었다.

"정말 많군. 애먼 사람이 많이 죽었어."

환사가 삐딱하게 예충을 바라보며 냉소를 날렸다.

"그 옛날 예 선배의 애매한 별호를 생각나게 하는 태도구려. 군자인데 마군자라니, 그것도 흑도이면서 흑군자가 아니란 말이오."

예충이 환사의 시선을 마주하며 물었다.

"불필요한 희생자를 줄이고 싶다는 내 생각이 틀렸다는 겐가?"

환사가 웃었다. 비웃음이었다.

"불필요한 희생자가 아니니 하는 말이오. 저들은 우리 풍잔을 없애려고 기습을 감행하려던 놈들이었소. 놈들을 죽이지 않으면 우리가 죽어야 하는데, 어찌 그리 한가한 생각을 한단 말이오."

"한가한 소리가 아니라, 마구잡이 살생은 말자는 거지. 죄과에도 경중이 있는 것이 아닌가. 어른이 아이를 다스릴 때, 힘으로만 다스리나? 말로도 가능할 때가 있지 않나. 그처럼 우리도 가급적……!"

"가급적이고 뭐고 간에 그건 비유가 틀렸소."

"뭐가 틀렸다는 거지?"

"우리는 어른이 아니고, 저들도 애가 아니오. 저들이 마교의 주구임을, 저들의 뒤에 마교가 있음을 간과하지 마시오."

"저들이 마교의 주구라는 것을 내가 어찌 모를까. 나는 다만……!"

"아, 글쎄, 다만이 필요하지 않는 얘기라 이거요 내 말은! 까놓고 말해서 오늘은 우리가 이겼을지 몰라도 내일은 우리가 져서 죽을 수도 있소. 오늘 우리는 마구잡이 살생을 한 것이 아니라 죽일 놈들을 죽인 거요. 하다못해 나는 오늘 도주한 놈들을 살려 보낸 것조차 거북하오. 어차피 그놈들 대부분은 다시 황군이 되어서 언제고 기회가 되면 또다시 우리를 노릴 테니까."

"내가 그걸 몰라서 하는 말 같은가? 나는 단지……!"

대화의 열기가 너무 뜨거워지고 있었다.

하물며 풍잔의 가장 높은 자리에 앉아 있는 두 사람의 언쟁이라 다른 사람들이 감히 끼어들 여지가 없었다.

그나마 지금 장내에서 그들을 중재할 수 있는 사람은 잔월과 천월, 두 사람뿐인데, 잔월은 늘 그렇듯 무심하게 바라만 보고 있고, 천월은 나 몰라라 딴청을 부리고 있었다.

본디 잔월이 다른 사람의 일에 나서기 싫어하는 성격이라서 그런다면, 천월은 내색을 삼가고 있을 뿐, 환사와 같은 생각을 하고 있다는 방증이었다.

장내의 모두가 다 그렇게 생각한 듯 일시지간 제갈명에게 시선을 주었다.

제갈명은 실로 탁월한 두뇌의 소유자였고, 그 머리에 나오는 중재 역시 탁월하다는 것을 익히 잘 알고 있었기 때문이다.

제갈명이 어쩔 수 없다는 듯 한숨을 내쉬더니, 보란 듯이 잔월에게 시선을 주며 불쑥 물었다.

"잔월 노사께서는 어떻게 생각하세요? 오늘 우리가 잘한 겁니까, 잘못한 겁니까? 아니, 까놓고 말해서 너무 많은 생명을 죽인 건가요? 오늘 계획을 짠 사람으로서 두 분의 언쟁을 듣고 있자니 문득 그게 궁금해지네요."

잔월은 좀처럼 남의 일에 참견하지 않지만, 자신의 주관은 그 누구보다도 뚜렷한 사람이었다.

그래서 그는 추호도 주저하지 않고 자신의 생각을 밝혔다.

"나는 죽이는 일만 하면서 살던 사람이라 그런지 한 가지 대답밖에 생각나지 않는군. 적은 죽일 수 있을 때 많이 죽여야 해. 우리네 싸움은 장난이 아니니까. 한 명을 상대하든 백 명, 천 명, 만 명을 상대하든 생사결이이니까."

"알겠습니까. 다음 싸움에서부터는 노사의 조언을 적극 반영하도록 하겠습니다."

제갈명은 잔월의 대답이 끝나기 무섭게 보란 듯이 허리를 접으며 대답하고는 이내 고개만 살짝 들어서 예충과 환사를 쳐다봤다.

예충의 어깨가 쳐졌고, 환사의 어깨가 올라갔다.

그것으로 그들의 언쟁이 종지부를 찍었다.

천하제일
주인

제국의 운명 (1)

제갈명이 잔월의 조언을 듣고 결론을 내리긴 했으나, 예충과 환사의 주장 중에서 어느 것이 더 옳은지는 그 누구도 선뜻 결론을 내리기 어려운 일이었다.

  그러나 작금의 상황만 놓고 볼 때, 예충보다는 환사의 주장이 확실히 더 옳은 쪽에 가까웠다.

  제갈명의 중재로 끝난 그들, 두 사람의 언쟁을 시작부터 끝까지 지켜보는 암중의 눈이 있었기 때문이다.

  그것도 하나가 아니라 둘이었다.

  그리고 그들은 약간의 차이를 두고 하나씩 차례대로 은신해 있던 자리를 떠났다.

  그 바람에 그들의 입장에선 매우 아쉽게도 한줄기 바람과 함

께 풍잔의 요인들 곁에 모습을 드러낸 설무백의 존재를 보지
못했다.

"늦었군, 젠장!"

백리평의 전황을 시작부터 끝까지 주시하다가 사라진 두 사
람 중 먼저 움직여서 자리를 떠난 것은 자신처럼 암중에서 풍
산의 요인들을 지켜보는 눈이 있다는 것을 눈치챈 마의노인이
었다.

안 그래도 하나같이 범상치 않은 풍잔의 요인들로 인해 경
각심을 가지고 있던 마의노인은 한층 더 긴장하며 즉시 물러
났다.

그리고 실로 사력을 다한 경공을 펼쳐서 북서 방향으로 질
주, 불과 사흘이 지나기도 전에 강소성의 모처에 있는 장원으
로 들어섰다.

강소성의 서문밖에 자리한 작은 동산의 기슭에 자리한 그
장원은 시야에 들어오는 지역부터 실로 삼엄한 경계가 펼쳐져
있었으나, 누구도 마의노인의 질주를 막지 않았다.

마의노인의 경공이 사람의 눈에 띄기 어려울 정도로 빨라서
가 아니었다.

장원의 주변을 경계하는 자들은 상당한 수행을 거친 고수들

이라 마의노인의 정체를 알아보았기 때문이다.

그리고 그것은 장원의 내부로 진입해서도 마찬가지였다.

해가 뉘엿뉘엿 져서 어스름이 깔리기 직전의 보라색인 하늘의 빛을 받아서 을씨년스러운 장원의 내부는 눈에 보이는 경계와 눈에 보이지 않는 경계로 인해 외부보다 한층 더 철통같은 경계망이 펼쳐져 있었지만, 그 누구도 질주하는 그의 발길을 막지 않았다.

마의노인은 그렇듯 일사천리로 장원의 내부를 가로질러서 중정에 자리한 한 채의 거대한 전각으로 들어갔다.

그 대청의 주인은 마치 그를 기다리고 있었던 것처럼 높은 단상에 놓은 태사의에 앉아서 안으로 들어서는 그를 물끄러미 바라보았다.

선풍도골의 노인, 바로 천사교주였다.

"어떤 문제가 생긴 거냐?"

천사교주는 이미 문제가 생겼음을 알고 있었다.

문제가 생기지 않았으면 마의노인이 이 시점에 돌아왔을 리가 없기 때문이다.

마의노인은 물에 빠진 생쥐처럼 땀으로 흠뻑 젖은 몸을 이끌고 숨을 헐떡이면서도 즉시 태사의 앞에 무릎을 꿇으며 말을 더듬었다.

"계, 계획이 실패했습니다, 교주님."

"그래?"

천사교주의 미간이 살짝 일그러졌다.

의외로 놀라거나 당황하지 않고 침착한 태도였으나, 그것으로 그의 감정을 예단하는 것은 바보 같은 짓임을 익히 잘 아는 마의노인은 한층 더 납작 엎드리며 보고했다.

"축양신군 이하 모든 천사교도가 전멸했고, 후군도독 지자천의 병력은 그야말로 일패도지, 수천의 사망자를 버려 둔 채 뿔뿔이 흩어졌으며, 지자천은 놈들에게 생포되었습니다. 풍잔에 대한 정보는 너무나도 터무니없었습니다. 놈들은 소림이나 무당보다도 더 강력한 세력을 구축하고 있었습니다. 놈들은……!"

천사교주가 불쑥 말을 끊었다.

"노수(老獸)."

"……예, 교주님."

"놈들이 강한 것이 그리도 좋으냐?"

"예?"

"어째 신나 보여서 말이야."

마의노인, 천사교주가 암암리에 부리는 다섯 짐승, 오대마수(五大魔獸)의 대형, 무영노수(無影老獸)는 흠칫 놀라며 재빨리 바닥에 머리를 박았다.

"죄송합니다, 교주님!"

천사교주는 잠시 속을 알 수 없이 무심한 눈빛으로 무영노수를 지그시 바라보다가 이내 시큰둥한 어조로 혼잣말처럼 중얼거렸다.

"복은 같이 오지 않고 화는 홀로 오지 않는다더니만, 과연 그렇군. 아직도 혈뇌사야의 종적을 찾지 못하고 헤맨다는 보고를 방금 들었는데, 제법 힘 좀 쓴다는 놈만 추려서 삼 만 황군의 비호를 받으며 나선 축양이 죽었다는 보고가 그 뒤를 따르는군그래."

그는 재우쳐 불쑥 물었다.

"이게 무슨 일일까? 내가 무능한 걸까, 너희들이 무능한 걸까?"

무영노수는 거듭 바닥에 이미를 찧으며 대답했다.

"전부 다 저희들이 무능한 겁니다, 교주!"

천사교주는 그저 끌끌 혀를 차고는 말했다.

"자면을 불러라."

무영노수에게 하는 말이 아니었다.

천사교주의 주변에는 항상 암중에서 그를 호위하는 세 명의 그림자가 있었다.

각기 흑면(黑面)과 백면(白面), 청면(靑面)이라는 이름 아래 수라(修羅)라고 불리는 그들의 정체는 오직 천사교주만이 알고 있을 뿐, 천사교의 그 누구도 모르는 극비인데, 그들 중 하나에게 내리는 명령인 것이다.

대답은 없었다.

그들은 언제나 그렇듯 아무런 기척 없이 천사교주의 명령을 수행했다.

과연 이윽고, 자면신군이 다급히 대청으로 들어섰다.

"부르셨습니까, 교주님."

천사교주가 시큰둥하게 대꾸했다.

"불렀으니까 왔겠지?"

자면신군은 천사교에서 가장 뛰어난 두뇌를 가졌다고 알려진 것처럼 이 한마디로 대번에 천사교주의 기분을 파악한 듯적잖게 긴장한 기색이 되었다.

천사교주가 그런 그를 보며 말했다.

"축양이 죽었다. 어떻게 생각하느냐?"

자면신군은 애써 놀라는 기색을 감추고 눈동자를 굴리다가 조심스럽게 대답했다.

"전에 말씀드렸다시피 풍잔은……."

"그래, 이제 인정한다."

천사교주가 거북한 눈빛을 드러내며 잘라 말했다.

"전에 자면 네가 말한 것처럼 풍잔의 무리는 쉽게 가늠하기 어려운 놈들인 것 같다. 이번 일을 보니 확실히 알겠다. 어쩌면 담황과 신안의 죽음도 풍잔의 수장인 그 사신이라는 애송이와 무관하지 않은 것 같다는 자면 너의 말이 옳은 것 같기도 하고. 그러니 이제 어찌하는 것이 좋을까?"

자면신군은 한층 더 신중해진 기색으로 머뭇거리다가 대답했다.

천외천의
주인

"혈뇌사야의 종적을 놓치는 바람에 혈가를 접수하는 일이 지체되고 있는 상황이고, 천마공자를 기다려야 하는 율법을 깨고 나선 이공자의 발호로 말미암아 마교 내의 분위기가 매우 어수선한 상황입니다. 하물며 삼공자와 칠공자가 손을 잡았다는 얘기도 들려오고 있습니다. 이 시점에 풍잔을 치려고 도모하는 것은 실로 옳지 않은 선택이라는 것이 불민한 이 수하의 판단입니다, 교주님."

말미에 자면신군은 허리를 반으로 접으면서까지 깊이 고개를 숙였다.

천사교주는 그런 자면신군을 지그시 바라보다가 피식 웃으며 말했다.

"역시 자면이야. 본좌의 마음에 풍잔을 박살 내고 싶은 마음이 간절한 것은 또 어찌 알았을까?"

자면신군은 대답하지 않고 침묵을 유지했다.

고개도 들지 않았다.

이건 질문이 아니라는 것을 알았기 때문이다.

과연 천사교주는 자면신군의 대답을 기다리지 않았다.

대신 그는 일어나서 뒷짐을 진 채 태사의 앞을 오락가락했다.

그가 깊은 고민에 빠졌을 때 드러내는 오랜 습관이었다.

그러다가 불쑥 물었다.

"아직도 본좌 혼자서 중원을 먹으면 크게 체할 수도 있다는 네 생각은 여전한 거냐?"

자면신군은 불시에 받은 질문임에도 전혀 당황하지 않고 대답했다.

"죄송스럽게도 그렇습니다. 이미 말씀드렸다시피 굳이 고집하신다면 중원은 그야말로 구천십지로 쪼개질 수밖에 없다는 것이 저의 판단입니다."

천사교주가 다시금 한동안 침묵을 지키며 태사의 앞을 오락가락하다가 물었다.

"누구의 손을 잡는 것이 좋을까?"

자면신군은 이번에도 역시 조금도 망설이지 않고 대답했다.

"중원 정복의 명분은 어디까지나 대종사의 제자들에게 있습니다."

"하면, 그중의 하나?"

"예, 그렇습니다."

"누구?"

"수하의 판단은 칠공자입니다."

"이유는?"

"이공자의 광증은 그 누구도 제어할 수 없습니다. 지금은 혁련 단주와 삼안혈불이 꼬리를 말고 극진히 떠받드는 것으로 제어 아닌 제어를 하고 있지만, 기실 그들도 만만치 않은 야망을 가진 자들이지요. 그리고 삼공자는 기본적으로 추종자가 너무 적습니다. 게다가 구파 연합 등이 나선 일전의 그 기습으로 인해 지지 기반이 완전히 무너져 버렸지요."

천사교주가 고개를 갸웃했다.

"그래도 칠공자와 손을 잡았다고 하질 않았나?"

자면신군이 의미심장하게 대답했다.

"그래서 더욱 삼공자는 안 됩니다. 손을 잡은 것이 아니라 숙이고 들어간 것으로 봐야 하니까요."

"결국 그래서 칠공자밖에 없다?"

"그렇습니다. 저는 전부터 천마공자와 경쟁할 수 있는 사람은 칠공자밖에 없다고 생각했습니다. 칠공자는 두뇌와 무력, 든든한 지지 기반까지, 모든 것이 완벽한 사람입니다."

"그렇다면 본좌와 손잡을 이유가 없다고 생각하지 않을까?"

"모든 것이 완벽한 사람이라 교주님이 손을 내밀면 틀림없이 거절하지 않을 겁니다."

천사교주가 처음으로 미소를 보였다.

"본좌를 아래로 보고 얼마든지 통제할 수 있다고 생각해서 말이지?"

자면신군은 실로 죄송스럽다는 표정으로 인정했다.

"불손하게도 통제가 아니라 거두겠다는 마음일 겁니다."

천사교주가 고개를 끄덕이며 희미하게 웃었다.

"칠공자라면 그럴 수 있지."

그는 비로소 태사의에 다시 앉으며 재우쳐 말했다.

"그럼 이제 계획을 말해 봐."

자면신군은 기다렸다는 듯 입을 열었다.

"우선 풍잔의 수뇌인 사신을 십천세로 격상하시고, 그것을 마교총단에 알리셔야 합니다. 잘하면 그것만으로 어부지리를 얻을 수도 있다고 생각합니다."

"굳이 본좌 혼자 짊어질 짐은 아니라는 거군. 알았다. 그렇게 하지. 그다음은?"

"그다음은 하나로 충분합니다."

"그게 어떤 하나지?"

"황제의 자리를 보다 확실하게 취하시는 겁니다."

천사교주가 예리하게 알아듣고 확인했다.

"북평왕부를 밀어 버려야 하는 건가?"

자면신군은 힘주어 대답했다.

"굳이 북평까지 갈 필요는 없습니다. 그들을 응천부로 끌어들이면 되니까요."

"어떻게?"

"이번 축양신군의 죽음을 빌미로 정 태감을 압박하십시오. 황제를 부추겨서 북평왕부를 치라고 말입니다."

천사교주는 고개를 갸웃했다.

"방금 북평까지 갈 필요는 없다고 하지 않았나?"

자면신군은 고개를 끄덕이는 것으로 수긍을 표하며 자신이 생각한 계획을 설명했다.

"북평의 연왕은 야망이 지대하고 거칠고 사납기가 호랑이 뺨

치지요. 사전에 우리가 강제한 황제의 계획을 흘리면 누가 뭐래도 그는 직접 칼을 뽑아 들고 나설 사람입니다."

"좋아."

천사교주는 기꺼이 동의했다.

"당장에 시행하도록 하지!"

"저기⋯⋯!"

시종일관 침묵한 채 두 사람의 대화를 들으며 눈치만 보고 있던 무영노수가 그제야 조심스럽게 나서며 말했다.

"아직 수하가 보고 드리지 않은 것이 하나 있습니다."

천사교주의 무심하지만 서늘하게 느껴지는 시선이 빠르게 무영노수를 향해 돌려졌다.

무영노수가 찔끔 자라목을 하며 말을 더듬었다.

"그, 그게, 그러니까. 전장의 상황을 지켜보던 눈이 저 말고도 하나가 더 있었습니다."

천사교주가 인상을 찌푸렸다.

그걸 왜 이제야 말하느냐는 질타의 눈초리가 무영노수를 쏘았다.

그때 자면신군이 불쑥 나섰다.

"잘됐군요. 일이 더욱 쉽겠습니다."

천사교주가 어리둥절해하며 바라보자, 그가 웃는 낯으로 부연했다.

"정 태감의 눈입니다. 이유는 몰라도 이번 출정에 하도 관심이 지대해서 눈여겨봤더니만, 출정 직전에 은밀하게 발 빠른 육선문의 고수 하나를 집으로 불러들이더군요. 아마도 그자일 겁니다."

"그래?"

"혹시 몰라서 그자의 몸에 천리추종향을 뿌려 두었으니, 제가 확인해 보겠습니다. 그자라면 정 태감을 몰아붙이는 데 쓰도록 하십시오. 믿음을 깨는 짓을 했으니, 대가를 받아 내야 하지 않겠습니까."

천사교주가 묵묵히 고개를 끄덕였다.

별다른 기색을 읽을 수 없는 반응이었으나, 자면신군은 예리하게 천사교주의 속내를 읽으며 다시 말문을 열었다.

"정 태감은 살려 두는 게 좋습니다. 정치에 능하고, 세도가들을 주무르는 능력도 탁월한데다가, 무엇보다도 아주 잘 썩은 관리입니다."

그는 웃는 낯으로 덧붙여 확신했다.

"교주님에게 그보다 더 좋은 꼭두각시는 없습니다."

자면신군의 추측은 어긋나지 않고 정확했다.

백리평에서 무영노수처럼 풍잔의 동향을 살피던 암중인은 정 태감이, 바로 사태태감 정정보의 밀정이었다.

그 밀정은 무영노수와 비교해서 반 푼 정도 부족한 실력을 가졌고, 그 바람에 무영노수보다 한나절가량 늦은 밤인 자시(子時 : 오후 11~오전 1시)가 되어서야 정 태감을 만나서 백리평의 전황을 보고할 수 있었다.

"지자천, 이 멍청한 새끼……!"

전황을 보고받은 정 태감은 냉랭하게 화를 내긴 했으나, 그리 아쉬운 표정은 아니었다.

왜 그런지 이유는 그다음에 그의 입에서 나왔다.

"그보다 명색이 십이신군의 하나가 그리 속절없이 당해 버리다니, 십이신군도 별거 없군."

전황을 보고한 밀정, 정 태감이 남몰래 끌어 모은 육선문의 요원인 귀면염라(鬼面閻羅) 제산척(濟山陟)은 그저 입을 다물고 있었다.

사실은 정 태감의 비웃음과 달리 축양신군이 약해서가 아니라 풍잔의 요인들이 강했다는 말이 목구멍까지 치밀었으나, 애써 억눌렀다.

그건 그가 상관할 일이 아니었다.

그의 임무는 이번에 출정한 축양신군 등 천사교도들의 동향을 살피는 것이지 그들의 능력을 평가하는 것이 아니었기 때문이다.

하물며 지금 정 태감은 천사교도가 전멸했다는 사실로 인해 정작 삼만 병력이 일패도지하고, 그들의 지휘관이기 이전에 자신의 양자인 지자천이 생포되었다는 말을 듣고도 그다지 신경 쓰지 않고 있었다.

괜히 쓸데없는 말을 해서 정 태감의 화를 돋울 이유가 그에게는 전혀 없는 것이다.

"그건 그렇고……."

정 태감이 말문을 돌렸다.

"그놈은 봤나?"

밑도 끝도 없이 건넨 질문이었으나, 제산척은 바로 알아들 었다.

지금 정 태감이 말하는 그놈은 바로 풍잔의 주인인 설무백 이었다.

정 태감이 이번 출정을 계획한 이유가 바로 그놈, 설무백 때 문이라는 사실을 그는 익히 잘 알고 있는 것이다

"그자는 보지 못했습니다."

"그놈을 못 봤다고?"

"예. 그냥 나서지 않은 건지, 아니면 자리를 비운 건지는 몰 라도, 그자는 거기 없었습니다."

정 태감이 눈살을 찌푸렸다.

"그럼 고작 그놈의 졸개들한테 축양신군이 이끄는 이백 천 사교도와 지자천의 삼 만 병력이 박살 났다는 거야?"

제산척은 올 것이 왔다는 생각을 애써 내색하지 않으며 조 심스럽게 말을 골라서 대답했다.

아무렇게나 마구 대답했다가는 조용히 넘어가려던 일이 다 시금 커질 수도 있었다.

"너무 부주의했고, 운도 없었습니다."

정 태감이 삐딱하게 제산척을 바라보았다.

"부주의? 운……?"

제산척은 애써 대수롭지 않은 투로 설명했다.

"척후를 보내지 않았습니다. 모르긴 해도, 축양신군의 오만이었겠지요. 그래서 선봉대로 나선 천사교도 전원이 기문진에 당했습니다. 그 바람에 지자천 장군이 이끄는 병사들까지 우왕좌왕하다가 적의 공격을 받는 통에 거의 자멸하다시피 무너졌습니다."

"기문진이란 말이지?"

제산척이 잠시 골똘히 생각하다가 기분이 상한 표정으로 투덜거렸다.

"축양신군이 대동한 애들은 나도 봤어. 다들 하나같이 출중한 애들이었지. 그런 애들이 고작 기문진에 당하다니, 놀랍군. 보통의 기문진으로는 그럴 수 없지. 그놈에게 그런 능력을 가진 수하도 있었던가?"

"말씀드렸다시피 축양신군이 부주의했습니다. 애초에 척후를 보냈다면 피할 수 있었습니다. 제아무리 뛰어난 기문진도 사전에 위치가 파악되면 피하는 건 그리 어렵지 않죠."

"그렇긴 하지. 축양 그 인간, 그리 잘난 척하더니만, 결국 자기 발등을 자기가 찍었군그래. 흐흐……!"

기분 좋게 웃은 정 태감이 이내 누가 들으면 거북하다는 듯이 목소리를 낮추어서 다시 말했다.

"아무튼 알았으니, 자네는 지금 당장 가서 전에 내가 말한 대로 흑수혈과 접촉해 보게. 돈은 얼마가 들어도 좋으니, 무슨 일이 있어도 흑지주라는 아이를 내 앞에 데려와."

제산척은 진심으로 적잖이 놀라며 물었다.

"그자를, 설무백을 노리시게요?"

정 태감이 싸늘하게 웃었다.

"그럼, 내가 고작 이 정도로 포기할 줄 알았나? 어림없는 소리! 감히 내 앞에서 죽이니 살리니 하며 훈계한 놈이야! 사지를 쫙쫙 찢어서 씹어 먹어도 시원찮을 놈이지! 삼 만이 아니라, 백 만이 죽어도 상관없고, 억만금이 들어도 나는 포기 안 해!"

그는 씹어뱉듯 말을 더했다.

"뭐가 어쩌고 어째? 천외천의 주인? 지랄하고 자빠졌네! 목이 떨어지고도 그런 말을 할 수 있는지 어디 한번 두고 보자, 이놈!"

사람의 성격은 참으로 다양해서 화가 나서 말을 하는 사람이 있는 반면에 말을 하다가 제풀에 치여 화를 내는 사람도 있는데, 정 태감은 후자에 속했다.

처음에는 아니었으나, 이내 자신의 말에 자신이 취해서 분노한 그의 두 눈에는 실로 설무백이 지금 앞에 있으면 사지를 찢어서 씹어 먹어도 시원찮을 것 같은 살기가 번뜩이고 있었다.

이럴 때는 정말 건드리면 안 된다.

그리고 가능하면 바로 자리를 피해야 한다.

제산척은 누구보다도 그것을 잘 아는 사람이기에 더는 말꼬리를 잡지 않고 깊이 고개를 숙이며 대화를 끝냈다.

"알겠습니다! 지금 즉시 다녀오겠습니다!"

서둘러 자리를 털고 일어나는 그에게 제산척이 당부했다.

"사흘! 이미 말했듯이 억만금을 요구해도 괜찮으니 그 안에 내 앞으로 데려오게!"

정 태감은 거부를 불허하겠다는 눈빛으로 제산척을 바라보고 있었다.

"옙! 알겠습니다!"

제산척은 다부지게 대답하고는 재빨리 대청을 벗어났다.

그것은 그가 능히 정 태감의 요구를 들어줄 수 있는 능력을 가졌기 때문이기도 했고, 그에 앞서 아직 그의 임무가 다 끝나지 않았기 때문이기도 했다.

그래서였다.

정 태감의 거처를 벗어난 그의 발걸음은 전혀 늦춰지지 않았다.

오히려 더욱 빨라졌으며, 더 나아가서 은밀함이 더해졌다.

그렇게 그는 다시금 이틀을 달렸고, 그래서 도착한 곳은 흑도천상회의 거점인 무안부의 동부 외각을 차지한 산중의 외딴 폐가였다.

단순한 폐가가 아니라 묘당(廟堂)의 폐가였다.

과거 한때는 꽤나 번창한 묘당인 듯 담장도 있고, 건물도 여럿이었지만, 지금은 거의 모든 담과 건물이 절반 이상 무너져서 흙덩이로 변해 가는 중이었다.

그나마 온전하게 보이는 한두 개의 건물도 지붕이 내려앉아서 때마침 내리는 가랑비가 들이치고 있었다.

제산척은 일말의 망설임도 없이 비교적 온전한 그 건물 중에서 본전(本殿)인 듯 중앙을 차지한 건물로 들어갔다.

제법 넓어서 십여 명은 너끈히 들어갈 수 있을 듯한 그곳의 내부는 텅 비어진 채로 절반이 무너진 천장에서 비가 들이치고 있었다.

"아직이신가?"

제산척은 고개를 갸웃하며 비가 들이치지 않는 자리를 찾았다.

여기로 오는 도중에 만날 사람에게 이미 연락을 취했기에 비어 있는 방이 의외였던 것인데, 그게 아니었다.

"늦었구나."

나직한 목소리와 함께 모셔지던 신이 누구인지 몰라도 대좌가 남아 있는 안쪽에서 귀신처럼 홀연히 나타나는 사람이 있었다.

제산척은 목소리만 듣고도 상대가 자신이 만나야 할 사람이라는 것을, 바로 쾌활림의 주인인 암왕 사도진악임을 알아보며 즉시 무릎을 꿇고 머리를 조아렸다.

"수하 제산척이 주군을 뵙습니다!"

그랬다.

육선문의 일원으로 정정보, 정 태감의 수족 노릇을 하고 있는 전대의 마두 귀염염라 제산척은 기실 사도진악이 정 태감의 곁에 심어 놓은 밀정이었던 것이다.

사도진악이 보는 자를 압도하는 강한 힘과 어딘지 모르게 사이(邪異)한 기운을 풍기는 눈빛으로 지그시 제산척을 바라보며 물었다.

"무슨 일이냐?"

"다름이 아니라……!"

제산척은 즉시 백사평의 전황과 그 뒤로 이어진 정 태감의 태도를 소상하게 보고했다.

그리고 말미에 정 태감의 집요한 살의도 알렸다.

시종일관 묵묵히 모든 보고를 들은 사도진악이 그 대목에서 빙그레 웃으며 말문을 열었다.

"나쁘지 않군."

"……?"

제산척은 의미를 몰라서 침묵을 지켰다.

사도진악이 다시 말했다.

"그들이 서로 다른 생각을 가지고 속고 속이는 것은 내게 아주 좋은 일이다. 그러니 이제부터 너는 보다 적극적으로 그들의 반목을 도모해라."

제산척은 이제야 알아들으며 말을 받았다.

"이번 흑수혈의 흑지주 건은 무조건 성사시켜야 되겠군요."

사도진악은 웃는 낯으로 돌아서며 말했다.

"그들 이외에 다른 무리와도 접촉해서 미리 길을 열어 둬라. 축양신군이 그리 당했다면 흑수혈이 흑지수를 내세우며 총력을 기울여도 실패할 가능성이 육 할은 넘는다."

"예, 알겠습니다! 그리 처리하겠습니다!"

제산척은 즉시 대답하며 깊이 고개를 숙였다.

사도진악의 대답은 없었다. 그가 고개를 들었을 때, 사도진악은 이미 그 자리에서 사라진 다음이었다.

제산척은 이미 그와 같은 상황이 익숙한지라 아무렇지도 않게 그 자리를 나서서 묘당을 벗어났다.

그리고 이번에는 곧바로 전력을 다해서 북상했다.

호북성의 북부를 통해서 성 경계를 넘어 호남성의 남동부에 자리 잡은 광산(光山)으로 가기 위함이었다.

본의 아니게 힘든 시간이 계속되고 있지만, 어쩔 수 없었다.

오늘 그는 사도진악이 아니라 흑수혈에게 특급 청부를 하려고 나선 것이고, 광산의 네 번째 계곡인 흑수계(黑水溪)를 가로지르는 구름다리 사수적교(死手的橋)가 바로 흑수혈이 특급 청부를 받은 장소였기 때문이다.

'의심의 여지를 없애려면 조금이라도 시간을 단축해야 한다!'

정 태감은 실로 의심이 많은 사람이었다.

천외천의
주인

제아무리 고굉지신을 자처하는 수하라도 단속하고 또 단속하며 절대 의심의 눈초리를 거두지 않았다.

지금 제산척이 적잖게 피곤한 몸임에도 불구하고 전력을 다해서 달리는 이유가 바로 그 때문이었다.

정 태감에게 의심할 여지를 주지 않아야만 비로소 그는 늘 그렇듯 밀정의 임무를 완수하는 것이다.

그런데 아무래도 오늘 그의 임무는 제대로 완수되기 어려울 것 같았다.

느닷없이 전력을 다해서 달려가는 그의 모습을 불쾌하게 바라보는 사람이 나타났기 때문이다.

사도진악을 만난 묘당을 벗어나서 북상한 지 대략 반 식경가량 지났을 때였다.

"뭘 그리 급하게 가나?"

어두운 산길에서 갑자기 나타난 사내 하나가 앞을 가로막으며 다짜고짜 시비를 걸었다.

제산척은 워낙 갑작스럽게 나타난 사내 때문에 적잖게 놀랐으나, 애써 평정을 유지했다.

그리고 대답을 뒤로 미룬 채 앞을 가로막고 있는 사내를 찬찬히 뜯어 보았다.

아는 사람이 아니었다.

평범해 보이는 젊은 사내였다.

혹시나 해서 다시 확인해 봤으나, 달라지는 건 없었다.

각별해 보이는 그 무엇도 느껴지지 않는 애송이였다.

제산척은 절로 실소하며 대답했다.

"먹고살기 급해서 나선 모양인데, 안 됐구나. 사람을 잘못 봐도 유분수지 하필이면 저승사자의 앞을 막다니 말이다."

평범해 보이는 사내가 히죽 웃으며 말했다.

"네가 저승사자냐? 반갑다. 나는 마령(魔靈)이다."

"……!"

제산척은 소스라치게 놀라며 두 눈을 부릅떴다.

그리고 그 순간에 목이 잘려서 죽었다.

"죽였나?"

"죽였지."

"청부는?"

"대신해 주었어."

"그럴 필요가 있을까?"

"내 돈 쓰는 것도 아닌데, 손해날 것 없잖아."

"걔들 실력으로 부족할 것 같으니까 하는 소리지."

"그런 것까지 신경 써야 하나? 실력이 부족하면 걔들이 알아서 죽을 테고, 그것도 나쁘지 않잖아. 어차피 그놈들이 우리 수중에 안 들어와서 짜증 나던 참인데 잘됐지, 뭐."

흑수혈 걔들 쓸 만한 애들이야. 그런데 수중에 안 들어와서 짜증이 났던 거지. 나 아직 걔들 포기하지 않았어."

"그럼 이제 포기하면 되겠네."

천하천의
주인

명령을 수행하고 돌아와서 보고하는 마령의 태도는 영 불량하기 짝이 없었다.

대놓고 반말을 하는 것은 둘째 치고, 의자에 앉아서 탁자에 두 발을 올려놓고 연신 귀를 후비며 보고랍시고 묻는 말에만 대답하는 것도 부족해서 종내에는 짜증까지 부리고 있었다.

'이걸 정말 때려죽일 수도 없고……!'

자면신군은 속으로 울화통이 터져서 그야말로 한 대 갈기고 싶었으나, 언감생심 그럴 수는 없었다.

지금 보고를 하는 마령은 그만이 아니라 천사교주를 제외하면 그 누구에게도 반말을 지껄이는 괴팍한 놈이고, 유생 나부랭이처럼 허여멀건 얼굴에 작은 체구를 가진 청년으로 보이나, 실제는 그보다 고작 한 살 적은 반노환동의 노괴인데다가, 천사교에서 십이신군과 지위고하를 논할 수 없는 위치와 무공의 소유자이며, 무엇보다도 그의 친동생이었기 때문이다.

애써 울화를 누른 자면신군은 골치가 지끈거려서 더 이상의 대화를 포기하고 손을 내저었다.

"알았으니까 그만 나가 봐."

마령은 그냥 나가지 않았다.

나갈 것처럼 탁자에 올려놓은 발은 내렸으나, 잠시 그대로 앉아서 물끄러미 바라보다가 불쑥 물었다.

"사신 뭐라고 하는 그놈, 내가 처리하면 안 되나?"

자면신군은 대번에 마령의 의중을 읽고는 단호하게 대답했다.

"안 돼!"

"어째서?"

"교주님께서 그놈을 우리 살명부의 최상단에 올리셨다. 아직 처리하지 못한 십천세보다도 윗자리에 있는 놈을 이유도 없이 처리했다간 교주님께서 화내실 거다."

"이유는 충분하지 않나?"

자면신군은 결국 참지 못하고 화를 냈다.

"정말 몰라서 묻는 거야? 십천세에 해당하는 작자들은 전부 다 교주님이 손에 넣고 싶어 하는 자들이잖아! 교주님이 회유해 보기도 전에 나섰다가 무슨 봉변을 당하려고 그래!"

"알았어, 알았어. 예민하게 굴기는⋯⋯."

마령이 그제야 후다닥 자리를 털고 일어나서 귀찮다는 듯 손을 흔들며 밖으로 나갔다.

자면신군은 그런 마령의 등에다가 대고 소리쳤다.

"명심해! 나서면 죽는다!"

마령이 그저 연신 손을 흔들며 밖으로 사라졌다.

자면신군은 절로 '끙' 하고 앓는 소리를 내고는 이내 정신을 차렸다.

이러고 있을 때가 아니었다.

그는 서둘러 일어나서 거처를 나섰다.

마령이 나간 뒤쪽의 쪽문이 아니라 정문을 통해서 밖으로 나간 그는 곧장 천사교주의 거처로 달려갔다.

오늘의 천사교주는 태사의에 앉아서 천사교의 부교주인 마안귀옹(魔眼鬼翁) 장요(張耀)와 무상 아수권마(阿修拳魔) 유백(柳白), 천사교의 오인원로 중 한 사람인 음풍유마(陰風劉魔) 소이광(소이광) 등과 무언가 긴밀한 대화를 나누고 있다가 그를 맞이했다.

자면신군은 함께 자리한 사람들이 다들 내막을 알아도 좋을 요인들이라 바로 보고했다.

"귀면염라 제산척이라고, 예상대로 정 태감이 부리는 육선문의 졸자였습니다. 다만 재미있는 녀석이더군요. 정 태감 아래서 육선문의 밥을 먹으면서 사도진악의 지시를 받고 있었습니다."

천사교주가 과연 재미있다는 표정을 지었다.

"사도진악도 바쁘게 사는군."

자면신군은 정 태감이 흑수혈을 끌어들이려 했다는 얘기와 더불어 약간 아쉬운 표정을 드러내며 제산척의 죽음을 알렸다.

"마령의 실수입니다. 제 생각에는 살려 두고 뒤에서 살피는 게 좋았는데, 쓸데없는 짓을 해 버렸습니다."

천사교주가 웃었다.

"마령의 일처리가 좀 투박하긴 하지."

그는 이내 손을 내저으며 말을 덧붙였다.

"됐어. 그따위 졸자 하나 죽인 게 무슨 대수냐. 원래 그런 놈이니 괜히 사기 죽이지 말고 그냥 둬. 게다가 이번에 마령이 해치울 일은 그 투박함이 정말 필요한 일이지 않느냐."

"아무리 그래도……!"

"됐다니까 그러네. 아무튼, 내가 좀 생각해 봤는데, 정 가 그놈, 굳이 내가 만날 필요는 없겠어. 역겨운 가식으로 잔머리만 굴리는 놈을 상대하는 건 딱 질색이기도 하고. 황제는 내가 알아서 단속할 테니, 정 가 그놈은 자면 네가 만나 봐."

자면신군은 굳이 사양하지 않았다.

"알겠습니다. 그럼 지금 바로 다녀오도록 하지요."

천사교주가 기꺼이 고개를 끄덕이는 것으로 승낙하고는 한마디 덧붙였다.

"자면, 네가 어련히 알아서 잘하겠냐만, 북평 애들을 처리하는 것과 별개로 황병도 적당히 줄여 놓는 거 잊지 마라. 애들이 많으면 관리하기가 힘드니까."

"여부가 있겠습니까. 잘 조치하겠습니다."

자면신군은 천사교주의 짐작대로 이미 생각해 둔 계획이 있어서 즉시 확답을 주고는 대청을 벗어났다.

그리고 곧장 남경 응천부의 성내에 자리한 정 태감의 저택을 향해서 발길을 재촉했다.

수행원은 필요하지 않았다.

그는 정 태감을 만나러 갈 때 암중의 호위 이외에는 단 한 번도 수하를 대동한 적이 없었다.

그가 정 태감과 나누는 대화는 거의 대부분 듣는 사람이 적을수록 좋은 얘기였기 때문이다.

정문을 통해도 막을 사람이 없는 그가 매번 굳이 남몰래 담을 넘는 이유도 거기에 있었는데, 오늘도 그랬다.

그리 늦은 저녁이 아닌 술시(戌時 : 오후 7~ 9시) 중이었음에도 불구하고 정 태감의 저택에 삼엄한 경비가 펼쳐져 있었다.

그러나 제아무리 정예병이라고 할지라도 일개 병사가 은밀하게 움직이는 그의 기척을 간파할 수는 없었다.

자면신군은 그래서 그 누구의 제지도 받지 않고 담을 넘었고, 두 개의 정원과 네 개의 문을 발아래 두고 가로질러 정 태감의 거처로 조용히 잠입할 수 있었다.

다만 남자로서 마땅히 있어야 할 그것이 없는 환관인 주제에 지극히 여자를 밝히는 정 태감인지라 혹시나 눈살을 찌푸릴 일이 생기지 않을까 걱정했으나, 다행히 아직은 이른 시간이라 그런지 그런 일과는 마주치지 않았다.

정 태감은 자신의 침실 창가에 놓인 다탁에 앉아서 차를 마시고 있었고, 그가 유령처럼 아무런 기척도 없이 홀연히 모습을 드러내자 깜짝 놀라서 찻잔을 놓치는 것으로 그를 맞이했다.

"어, 어인 일로 이 시간에……?"

자면신군은 태연하게 물었다.

"뭘 그리 놀라시오? 본디 내가 기별을 하고 오는 사람이 아니질 않소."

"그게 아니라 이런 시간에 찾아온 적은 없어서 말이오. 무슨 급한 일이 있는 거요?"

정 태감이 금세 평정을 되찾은 모습으로 물었다.

자면신군은 전에 없이 놀라는 정 태감의 이유를 익히 잘 알고 있었으나, 노련하게 내색을 삼가며 말했다.

"다름이 아니라 부탁할 것이 있소."

정 태감이 그러면 그렇지 하는 표정으로 웃었다.

"역시 무언가 급한 일이 있는 모양이구려. 그래, 무슨 부탁이오?"

자면신군은 사전에 준비한 말을 꺼냈다.

"교주님께서 난주의 일을 보고받고 크게 역정을 내셨소."

정 태감의 안색이 바뀌었다.

"그렇지 않아도 본인 역시 보고를 받고 크게 탄식하던 중이었소."

자면신군은 예리하게 찔렀다.

"벌써 그 일을 보고 받았다니, 놀랍구려."

정 태감이 당황했다.

"아, 그게, 그러니까……!"

자면신군은 정 태감에게 변명할 기회를 주지 않았다.

"나야 혹시나 해서 눈 하나를 붙여 두어서 사태를 빨리 전해 들었소만, 이제 보니 정 태감도 그런 모양이구려. 우리를 믿지

천외천의
주인

못하고 말이오. 아니 그렇소?"

정 태감이 어색한 미소를 흘리며 서둘러 변명했다.

"그, 그렇긴 하오만, 본인은 그저 상황이 어떻게 돌아가는지 살피려는 거였지, 천사교를 믿지 못해서가 아니었소. 정말이오."

자면신군은 보란 듯이 가늘게 좁힌 눈으로 지그시 정 태감을 바라보았다. 위협적인 눈빛이었다.

"교주님께서 태감에게 크게 실망할 것 같소. 이유 여하를 막론하고 교주님께 알리지 않는 행사는 금한다고 했는데, 그새 그걸 잊다니 말이오."

정 태감은 쩔쩔매며 사과했다.

"미안하오. 이번 출정은 개인적으로 지대한 관심이 가는 일이라 그만 그런 실수를 저질렀소. 앞으로는 충분히 주의할 테니, 이번 일은 신군께서 너그럽게 이해해 주시오."

자면신군은 넌지시 물었다.

"지금 나보고 교주님께 알리지 말라는 거요?"

정 태감이 어색하게 웃는 낯으로 두 손 모아 사정했다.

"말했다시피 실수고, 앞으로는 절대 그런 일이 없을 거요. 그리고 교주님께 알려서 무에 좋은 일이 있겠소. 내 이렇게 부탁하외다."

자면신군은 애써 고민에 빠진 표정을 짓다가 이내 고개를 끄덕이며 중얼거렸다.

"하긴, 실로 그렇다면 굳이 교주님께 알릴 필요까지는 없겠구려. 게다가 나 역시 태감에게 부탁을 하러 온 처지이기도 하니……."

정 태감이 눈을 빛내며 말꼬리를 잡았다.

"무슨 부탁이오? 어서 말해 보시오."

자면신군은 이때다 싶은 마음으로 거두절미하고 본론을 꺼냈다.

"다른 게 아니라, 교주님께서 북평의 아이를 눈에 가시처럼 보고 있소. 수하된 자의 입장에서 도저히 그냥 두고 볼 수가 없을 정도로 말이오."

정 태감의 눈이 커졌다.

"북평의 아이라면……? 연왕 말이오?"

자면신군은 고개를 끄덕이며 거두절미하고 본론을 꺼냈다.

"교주님도 교주님이지만, 사실 나 역시 더는 북평을 언제까지 그대로 둘 수는 없다고 생각하오. 북평왕부가 오래전부터 알게 모르게 세를 불리고 군비를 확충하고 있다는 소문은 정 태감도 익히 들어서 잘 알고 있을 터, 나는 지금이 때가 아닌가 싶소."

정 태감이 꿀꺽 소리가 나도록 침을 삼키고 말했다.

"하면, 북평을 치자는……?"

자면신군은 두 눈을 뜨겁게 빛내며 강변했다.

"내가, 아니, 우리 천사교가 전력으로 나서겠소. 내가 청하면 안 그래도 북평을 마뜩찮게 생각하시는 교주님이 거부하실 일은 없을 거요. 그러니 정 태감은 황제폐하께 저들의 방자함과 불손함을 간하고 병력을 내달라고 하시오. 우리 천사교의 일천 정예가 선봉에 서고, 금의위 일천과 오군도독부 산하의 황군 삼십만 정도가 뒤를 받쳐 준다면 얼마든지 북평을 초토화시킬 수 있을 것이오!"

"……!"

정 태감이 새삼 꿀꺽 소리가 나게 침을 삼켰다.

자면신군은 정 태감이 다른 생각을 할 수 없도록 지체 없이 단호하게 몰아붙였다.

"황제폐하께서도 벌써부터 북평왕부를 마뜩찮게 보고 있지 않소. 정 태감이 적극 나선다면 황제폐하께서도 절대 마다하지 않으리라 믿어 의심치 않소!"

정 태감이 무언가 감당하기 어려운 격정에 휩싸인 듯 크게 심호흡했다. 그리고 눈을 크게 뜨고 두 주먹을 불끈 쥐며 대답했다.

"좋소! 해 봅시다!"

모든 계획이 일사천리로 진행되었다.

정 태감은 다음 날 바로 등청해서 황제와 독대했고, 황제는 충정을 가장한 그의 기만에 완전히 넘어가서 북평을 향한 출정을 허락하며 그 자리에서 황제의 명을 받아 원정을 떠나는 장수에게 내려지는 신물인 부월(斧鉞)을 정 태감에게 하사했다.

정 태감에게 이번 출정의 전권을 일임한 것이다.

그리고 정 태감이 격정에 휩싸인 채 황제에게 받은 부월을 들고 퇴청해서 측근들을 불러 모은 그 시각, 자면신군의 밀령을 받은 사내 하나가 북평으로 출발했다.

그 모든 사태를 북평왕부에 알리기 위함이었다.

천하천의
주인

제국의 운명 (2)

"어디서 흘러든 소문이냐?"

"소문의 근원을 어떻게 찾겠습니까. 그래서 소문이 아니겠습니까. 요는 그 소문이 사실일 가능성이 매우 높다는 겁니다."

"확인해 봤나?"

"확인도 안 하고 어찌 장군님께 보고하겠습니까. 응천부에 풀어놓은 밀정들에게 연락을 취해 봤더니, 누구 하나 그에 대해서 아는 녀석이 없었습니다. 녀석들의 보고에 따르면 황궁은 물론 오군도독부 자체가 쥐 죽은 듯이 조용하답니다."

"그래서 그 소문이 사실일 거다?"

"장군님은 안 그렇게 생각하십니까?"

북평왕부의 주력이자, 북평 수비대의 핵심인 북도위(北島衛)

의 위장 설인보는 불퉁스럽게 느껴지는 수하 군관 왕인의 반문에 잠시 말문이 막혀서 머뭇거리다가 이내 고개를 끄덕였다.

"나도 그렇게 생각되기는 하군."

왕인이 그것 보라는 듯 웃으며 삐죽삐죽한 고슴도치 수염을 이리저리 쓰다듬는 것으로 위세를 떨었다.

그러나 설인보는 아직 완전히 인정한 것이 아니었다.

이내 그는 자리에서 일어나서 주변을 서성거리며 혼잣말처럼 중얼거리는 것으로 뒤늦게 떠오른 자신의 의문을 토로했다.

"정작 응천부는 쥐 죽은 듯이 조용한데, 북평의 저잣거리가 그 소문으로 시끌벅적하단 말이지?"

왕인이 머쓱하게 입맛을 다셨다.

"저도 그 점은 조금 이상합니다."

"조금?"

"아닌가요?"

"아주 많이 이상하지. 냄새가 나는 걸? 그것도 아주 많이!"

"장군님이 그렇다면 그런 거겠죠. 저야 보고 들은 걸 보고할 뿐, 결론을 내릴 주제는 못 되지 않습니까."

설인보는 짐짓 가늘게 좁힌 눈으로 왕인을 바라보았다.

"말은 그렇게 해도 속으로는 필시 아니라고, 무언가 그 소문에 준하는 대책을 마련해야 한다고 생각하고 있지?"

왕인이 대답을 회피하며 딴청을 부렸다.

결코 부정할 수 없는 인정이었다.

설인보는 쓰게 입맛을 다시며 탄식했다.

"골치 아프게 됐군."

왕인이 어리둥절해하며 설인보를 쳐다봤다.

"제 의견이야 그냥 무시하면 되지 무슨 골치 아플 것까지 있나요. 원래 그러셨잖아요?"

설인보는 짐짓 사납게 눈총을 주었다.

"누가 너 때문이래? 전하 때문이지!"

"아……!"

왕인이 바로 이해하며 말했다.

"안 그래도 장군께 오는 길에 조 창공이 관리 감찰 나갔던 장반 조무와 허겁지겁 전하의 집무실로 뛰어가는 걸 봤습니다."

"그걸 왜 이제 말해!"

"이제 생각났으니까요."

설인보는 당당하게 대답하는 왕인의 태도에 더는 탓할 생각도 못하고 한숨을 내쉬며 자리에서 일어났다.

"부르기 전에 가 봐야겠군."

그러나 이미 늦었다.

다급한 인기척과 함께 문이 열리며 동창의 장반 조무가 들어와서 말했다.

"전하께서 장군님을 찾으십니다!"

설인보는 자리를 떠나기 전에 왕인에게 한 번 더 사나운 눈총을 주고는 조무를 따라서 연왕의 집무실인 잠룡전으로 갔다.

잠룡전에는 이미 창공, 바로 흠차총독동엄관교판사태감을 줄여서 제독동창이라 부르는 직책을 가진 조위문만이 아니라, 예하의 내람첩형 당소기와 외람첩형 곽승, 그리고 장형천호 종리매도 자리해 있었다.

　　"부르셨습니까, 전하."

　　설인보가 인사하자, 상단의 용상에 앉아 있는 연왕 주체가 인사도 안 받고 서둘러 물었다.

　　"얘기 들었소?"

　　설인보는 고개를 끄덕이며 대답했다.

　　"들었습니다."

　　연왕이 지체 없이 다시 물었다.

　　"어떻게 생각하오? 아무래도 그냥 수수방관하고 있을 수는 없겠지요?"

　　설인보는 대답에 앞서 내심 고소를 금치 못했다.

　　연왕 주체의 태도는 이미 나름의 결정을 내린 사람의 모습이었다. 그는 타고난 성격대로 그냥 넘어가지 못하고 그것을 꼬집었다.

　　"전하의 태도를 보니 벌써 결정을 내리신 것 같네요."

　　연왕이 턱을 주억거리며 물었다.

　　"과인이 어떤 결정을 내렸을 것 같소?"

　　설인보는 대수롭지 않게 대답했다.

　　"전하의 얼굴에 대문짝만 하게 전군진군이라고 써 있군요."

연왕이 머쓱해하며 물었다.

"장군께서는 과인의 뜻을 알겠고, 그게 마뜩찮다 이거구려. 아니 그렇소?"

설인보는 진중한 태도로 대답했다.

"소장은 그 어떤 결정이라도 전하의 뜻을 따르겠습니다. 다만 다시 한번 심사숙고해 보시라는 뜻에서 한 말씀드릴 테니, 불편해 마시고 편하게 들어주십시오. 북평의 저잣거리는 어디서 흘러들어왔는지도 모를 그 소문으로 시끄러운데, 정작 응천부는 조용합니다. 왜 그럴까요?"

연왕이 대답했다.

"역시 함정으로 보시는구려."

설인보는 부정하지 않았다.

"예, 그렇습니다. 그것도 아주 위험한 함정으로 보입니다. 이처럼 뻔히 속이 들여다보이는 전략을 구사할 때는 저들에게 그만큼 자신이 있다는 소리일 테니까요."

연왕이 빙그레 웃었다.

"과연 장군의 생각도 그렇구려."

'장군의 생각도'라니, 다른 사람도 그렇게 생각하고 있다는 뜻이다. 아마도 지금 모인 동창의 요인들도 설인보와 같은 판단을 내린 모양이었다.

연왕이 나직이 말을 이었다.

"사실 과인은 전적으로 그렇게만 생각하지 않았소. 그럴 수도 있고 아닐 수도 있다고 판단했소. 그런데 조 창공의 말과 장군의 말이 일치하는 것을 보니, 확실히 그런 것 같소."

설인보는 가만히 고개를 끄덕이는 연왕의 시선을 마주하고 있다가 이내 마찬가지로 가만히 고개를 끄덕였다.

"그래도 결론은 진군이신 거군요."

"그렇소."

연왕이 짧게 수긍하고는 힘주어 강변했다.

"장군께서도 아시겠지만, 그동안 과인이 이래저래 보기 거북한 황제의 작태를 외면한 건 힘이 없어서가 아니라 권력에 눈이 멀어 조카를 시해한 패륜아라는 역사의 오명이 두려워서요. 한데, 황제가 이단의 종교에 빠져서 굶주린 백성들의 등골을 빼먹는 것도 부족해서, 단지 자신의 권력에 위협이 된다는 이유로 핏줄들을 숙청하다 못해 결국 숙부인 과인까지 노린다고 하오. 과인은 더 이상 참을 수 없소. 이것이 실로 함정일지라도 나서야겠소!"

말을 끝맺은 연왕의 두 눈은 횃불처럼 뜨겁게 타오르고 있었다.

분노보다는 야망으로 이글거리는 눈빛이었다.

설인보는 거부할 수 없었다.

아니, 애초에 그는 거부할 생각을 가지고 있지 않았다.

그저 확인이 필요했을 뿐이었다.

"소장은 이미 그 어떤 결정이라도 전하의 뜻을 따르겠다고 말씀드렸습니다. 하니, 이제 하명하시지요."

연왕이 활짝 웃었다. 그리고 옆으로 손을 내밀었다.

그 손에 태사의 옆에 시립해 있던 창공, 바로 제독동창 조위문이 품에 갈무리하고 있던 금빛 패도 하나를 꺼내서 두 손으로 받쳤다.

연왕이 그 금빛 패도를 설인보에게 내밀었다.

"장군께서 이번 출정에 나서는 과인의 군대를 지휘해 주시오!"

"골치 아프게 됐군."

설무백은 절로 이마를 감싸며 탄식했다.

오랜만에 풍잔으로 돌아와서 푹 쉬려 했으나, 순전히 사람들을 만나는 것만으로 대엿새 동안 하루도 쉬지 못하고 정신없는 나날을 보냈다.

그리고 겨우 그를 만나려던 사람들과의 대면을 모두 다 끝냈기에 내일은 실로 상쾌한 아침을 맞이할 수 있을 것이라고 생각하며 잠들었는데, 전혀 그렇지가 않았다.

아침부터, 아니, 새벽부터 난리였다.

하오문의 석자문과 개방의 천이탁이 앞다퉈 찾아와서 경사응천부의 소식과 북평왕부의 동향을 전했던 것이다.

석자문과 천이탁이 그의 반응을 보더니 어리둥절해했다.

나서기 좋아하는 천이탁이 물었다.

"골치 아플 게 뭐가 있어……요?"

습관대로 반말을 하려다가 곁을 지키고 서 있는 공야무륵을 의식하며 공대로 바꾼 질문이었다.

석자문도 선뜻 이해할 수 없다는 표정으로 나섰다.

"무슨 문제라도 있습니까?"

설무백은 대답을 뒤로 미룬 채 잠시 생각에 잠겼다.

그때 그들을 데리고 들어온 제갈명이 그들에게 자못 사나운 눈총을 주며 윽박질렀다.

"바본가? 머리는 장식이야? 북평왕부에 주군의 아버님이 계시잖아!"

석자문과 천이탁이 이제야 이해한 표정으로 머쓱해했다.

제갈명이 그런 그들에게 한 번 더 눈을 흘기고는 설무백을 향해 말했다.

"아무래도 가 보셔야겠죠?"

"나무는 가만히 있으려 하나 바람이 가만두지 않는다는 말이 실감나는군."

설무백은 새삼 탄식하며 재우쳐 물었다.

"아무래도 응천부로 가 봐야겠지?"

제갈명이 고개를 끄덕이는 것으로 수긍하며 자신의 의견을 피력했다.

"그게 옳습니다. 어차피 북평으로 가도 그분의 의지를 꺾을 수는 없을 테니까요."

설무백은 수긍했다.

그가 아는 연왕 주체는 야망으로 똘똘 뭉친 사람이었다.

그런 사람이 막대한 무력을 쌓았고, 이제 든든한 명분까지 생겼다.

하늘이 두 쪽 나도 절대 이번 기회를 포기하지 않을 터였다. 그게 비록 응천부의 음모가 뻔히 보이는 명분일지라도 말이다.

'마교의 존재를 익히 잘 알고 있음에도 나서는 건 틀림없이 내 개입을 염두에 둔 것이긴 할 테지만……!'

설무백은 그래서 못내 얄밉기도 했지만, 다른 한편으로 그래서 또 싫어할 수가 없는 사람이었다.

그만큼 그를 믿고 있다는 뜻이기 때문이다.

설무백이 그런 생각으로 묘한 기분에 사로잡히는 참인데, 마침 제갈명이 그 얘기를 꺼냈다.

"그리고 이건 노파심에서 말씀드리는 건데, 왕야께서 황궁을 잠식한 마교의 존재를 알면서도 나서는 것은 분명 주군에게 의지하는 마음이 있기 때문일 겁니다. 알고 계시죠?"

설무백은 새삼 연왕의 의중을 떠올리자 괜히 왠지 모르게 심통이 나서 자못 퉁명스럽게 따졌다.

"그래서 어쩌라고?"

"누가 뭐래요? 그냥 그렇다는 거죠."

제갈명이 눈치 빠르게 꼬리를 말면서도 할 말은 했다.

　　"이번에는 절대 전처럼 홀가분하게 나가실 수는 없을 겁니다. 다들 잔뜩 벼르고 있는 거 잘 아시죠?"

　　설무백은 절로 한숨이 나왔다.

　　왜 모르겠는가. 안 그래도 그래서 생각이 많은 것인데, 아무리 생각해도 적절한 답이 나오지 않았다.

　　그는 어쩔 수 없이 거듭 한숨을 내쉬며 물었다.

　　"어느 정도 인원이면 적당할 것 같아?"

　　제갈명이 토라진 열여덟 처녀처럼 딴청을 부렸다.

　　"알아서 잘하실 것처럼 말씀하시더니만, 이제 와서 제게 무슨 그런 질문을 다 하시는지?"

　　설무백은 공야무륵을 쳐다봤다.

　　공야무륵이 어서 명령을 내리라는 듯 성난 건달처럼 고개를 좌우로 기울여서 우두둑 소리를 냈다.

　　제갈명이 기겁하며 재빨리 속사포처럼 말했다.

　　"누구를 데리고 가시든 불평불만이 없을 수는 없을 겁니다. 다들 이번만큼은 벌써부터 기대가 만만이니까요. 하지만 아무리 그래도 이번 일에 다수의 인원을 동원해서는 안 됩니다. 그건 오히려 주군의 아버님이 세울 병법에 방해가 될 수도 있습니다. 그러니 군대식의 싸움은 아버님께 맡기시고 주군은 그냥 무림인들의 싸움을 하십시오. 필시 저들도 그렇게 나오리라고 봅니다. 병사들의 싸움과 상관없이 요인들만 암살해서 전장의 주도권을 가지는 방식으로 말입니다. 그러니까……!"

설무백은 제갈명의 말이 길어지자 답답해서 탁자를 치며 채근했다.

"그러니까 몇 명?"

제갈명이 그제야 하던 말을 그치고 본론을 말했다.

"장유유서(長幼有序), 가급적 노야들과 여협들을 축으로 선발하십시오. 그래도 불만이 없을 수는 없을 테지만, 적어도 수긍은 할 겁니다."

설무백은 실로 타당한 생각이라고 판단했다.

응천부로 가는 설무백의 일행이 그렇게 정해졌다.

반천오객의 셋이 풍잔의 경계를 위해서 자발적으로 빠지는 바람에 검노와 쌍노, 잔월, 철각사, 태양신마, 검영과 독후, 검매, 그리고 기존의 공야무륵과 요미, 흑영, 백영에 더해서 절대 설무백의 곁에서 떨어지지 않으려는 권천, 그렇게 열네 명의 인원이었다.

대륙의 정권은 이미 오래전부터 알게 모르게 북평왕부와 경사 응천부의 황궁으로 갈라져 있었다.

군대도 그랬다.

실질적인 나라의 병권은 엄연히 황실이 가지고 있으나, 연왕 주체가 도모한 사병과 기본적으로 북평왕부를 추종하는 군부의 세력 또한 만만치 않았다.

다만 만만치 않다는 것이 대등하다는 뜻은 아니다.

아무리 그래도 황군의 숫자는 북평왕부군을 압도했고, 지방관들의 지지도, 즉 평상시 각 지방의 성을 총괄하는 군정 기관인 도지휘사사들의 지원도 대부분 응천부의 황궁으로 쏠려 있었다.

정확하게 따져 보면 변방의 진영인 세 개를 포함해서 총 열여섯의 도지휘사사 중 무려 아홉 곳이 황군을 지원했고, 두 곳이 중립, 북평왕부를 지원하는 도지회사사는 고작 다섯 곳에 불과했다.

이는 기본적으로 모든 도지휘사사가 황군을 총괄하는 오군도독부의 예속을 받고, 병부로부터 명령을 받아서 임무를 수행하는 군정 기관이라 어찌 보면 당황한 상황이었으며, 다섯 곳의 도지휘사사가 북평왕부를 추종하는 것이 오히려 대단히 놀랄 만한 일이었다.

그러나 모든 전쟁의 승패가 숫자로 결정되는 것은 아니었다.

역사에는 소수의 병력으로 다수의 병력을 누르고 전쟁에서 승리한 예가 얼마든지 있었다.

무릇 다수의 인원이 동원되는 전쟁은 개개인의 능력에 앞서 지휘자의 역량이 매우 지대한 영향력을 행사하기 때문이다.

그런 면에서 볼 때, 객관적으로 이번 전쟁의 향방은 한치 앞을 내다볼 수 없는 균형을 이루고 있었다.

황군의 병력이 압도적으로 많기는 하나, 실전이 부족한 군대이고, 북평왕부군은 비록 수적으로는 열세이나 과거 대장군 하후연의 예하에서 실전을 갈고닦으며 문무쌍절로 불리던 군부의 거목인 문절 설인보와 무절 위광이 있는 것이다.

다만 황군에도 인물이 아주 없지는 않아서 그것을 익히 자각하고 경고하는 사람들이 있기는 했다.

황제에게 신물을 하사받고 이번 싸움을 지휘하는 좌군도독 이충양(李充揚)의 예하로 편입된 지방관 출신의 부관인 상관청조(上官菁潮)도 그중의 하나였다.

"설인보, 설 장군은 자타가 공인하는 용병술의 귀재입니다. 하물며 최근에 입수한 정보에 따르면 황제폐하께서 변방 순찰로 내치신 표기장군 위광이 합류했다고 합니다. 해서, 거듭 말씀드리지만 응천부로 들어오는 길목에 매복을 깔고 북평왕부군을 상대한다는 작금의 계획은 마땅히 철회되어야 한다고 생각합니다, 장군!"

북평왕부를 토벌하라는 황제의 전격적인 명령이 떨어진 지 나흘이 지난 시점, 경사 응천부의 서문 밖에 자리 잡은 군영의 중심인 이충양의 군막이었다.

이충양은 내내 상관청조의 말을 듣는 둥 마는 둥 하며 귀를 후비고 있다가 귀찮다는 듯이 불쑥 물었다.

"철회한 다음에는?"

상관청조가 기다렸다는 듯이 대답했다.

"마땅히 공성전을 준비해야지요. 병력이 월등한 우리가 상대적으로 소수에 불과한 저들을 상대로 공선전을 벌인다면 질 이유가 없는 싸움이 될 것입니다. 그 와중에 기습이 병행된다면 금상첨화이고 말입니다."

일리가 있는 생각이었다.

본디 성은 적의 공격을 보다 원활하게 방어하기 위해 축조한 건물들의 총집합체이다.

해서, 기본적으로 공성전이 벌어지면 공격하는 측은 수비하는 측보다 최소 세 배의 병력이 필요하다는 것이 병법의 기본이며, 그렇게 하더라도 막대한 손해를 각오해야 한다는 것이 상례였다.

오죽하면 과거 전설의 병법가인 손무(孫武)도 성을 공격하려면 그것이 아무리 작은 성일지라도 최소한 삼 개월의 준비기간이 필요하고, 적어도 삼 할의 손해를 감수해야 한다고 말했겠는가.

상관청조가 힘주어 다시 부연했다.

"매복을 전부 다 철수하자는 얘기가 아닙니다, 장군. 매복은 어떤 식으로든 저들의 진영에 일격을 가할 수 있을 테니, 소수 정예로 운영하시되 본진은 성내로 물러나야 합니다. 본대가 성 밖에 주둔할 경우 용병술의 귀재인 설 장군의 치고 빠지는 전술이 얼마든지 먹힐 테니, 실로 매우 위험합니다!"

천외천의
주인

상관청조의 강변을 들은 이충양이 묵묵히 고개를 끄덕이고
는 대답 대신 좌중에 모인 예하 장수들과 군관들에게 물었다.

"어떻게들 생각하시오?"

잠시 다들 서로서로 눈치를 보느라 대답이 없다가 이윽고,
성장을 차려입은 장수 하나가 나섰다.

이번에 새로 부임한 우군도독 황장(黃壯)이었다.

"글쎄요. 나름 생각해 볼 바가 없는 것은 아니나, 너무나도
소극적인 태도가 아닌가 싶소. 저들의 병력은 고작 이십만에
불과하오. 이래저래 창을 들 수 있는 백성들까지 박박 긁어모
은다고 해도 삼십만을 넘기 어려울 거요. 그런데 우리 팔십만
금군이 성문을 닫고 항쟁을 한다?"

황장이 피식 웃으며 말을 끝맺었다.

"난 창피해서 싫구려."

황장의 예하 군관 하나가 보란 듯이 맞장구를 쳤다.

"맞습니다. 소관 역시 전적으로 황 장군님의 말에 동감합니
다. 비록 대내무반의 최고수인 금군대교두 공손벽이 황제폐하
의 명을 어기는 바람에 뇌옥에 수감되어 있지만, 지금의 군군
은 대부분 그에게 수련 받은 정예들입니다. 하물며 우리는 날
고 기는 일천 명의 천사교도를 선봉에 세울 수 있습니다. 우리
의 요구가 아니라 그들이 자원한 일이지요. 이런 전력을 가지
고도 성문을 닫고 항쟁을 한다면 필시 세간에 웃음거리가 될
것입니다."

"터무니없는 소리!"

상관청조가 격하게 반발했다.

우군도독 황장의 반론에서 끝났다면 그도 나름 예의를 지켜서 신중한 반론을 폈을 테지만, 자신과 같은 예하의 군관이 나서자 열이 받은 것이다.

"작금의 금군 대부분이 공손벽 대교두에게 수련 받은 것은 사실이나, 어디까지나 수련일 뿐, 실전을 경험한 병사는 반에 반도 되지 않음을 모르시오! 그에 반해 북평왕부의 군사들은 거의 대부분이 변방에서 구르며 적과 대치하던 실전에 능한 병사들이오. 수련과 실전은 천양지차임을 간과하지 마시오!"

우군도독 황장의 예하 군관, 도식(塗飾)도 그대로 물러나지 않고 으르렁거렸다.

기실 어디에나 다 그렇듯 황군 내부에도 파벌은 존재하고, 작금의 그 기준은 황궁을 거점으로 하는 대내무반의 군관들과 이번 사태로 합류한 지방관 소속의 군관들이었다.

중앙 군부의 군관들이 지방관을 무시하는 것은 어제오늘의 일이 아닌 것이다.

"차이도 차이 나름이오! 어린아이가 제아무리 실전을 쌓았다고 해도 어른의 상대가 될 수는 없는 법이오!"

"저들이 어린아이요? 자원이든 징집이든 간에, 저들은 그 순간부터 적과 대치하고 싸우며 실전을 쌓은 정예들이오! 게다가 그런 자들을 지휘하는 인물이 누구요? 과거 하후연 대장군 아래서 문무쌍절로 명성을 날리며 변방을 휩쓸던 지장과 맹장이오! 그걸 절대 간과해서는 안 되는 것이오!"

마지막 말은 하지 않는 것이 좋을 뻔했다.

감정이 격해진 나머지 어리석게도 장군들의 자존심을 건드린 것인데, 상관청조도 말을 하고 나서야 그것을 느끼고 내심 아차 했다.

상관청조는 재빨리 변명하려 했으나, 이미 때가 늦었다.

탕-!

도식이 이때다 싶은 표정으로 눈을 빛내며 나서려는 순간, 이충양이 탁자를 치며 상관청조를 노려보았다.

이충양은 그저 노려볼 뿐, 말이 없었다. 무슨 말을 해도 상관청조의 말을 인정하는 꼴임을 알기 때문일 것이다.

황장을 비롯한 좌중의 장군들도 하나같이 불편한 심기가 담긴 눈빛을 드러내고 있었다.

그들도 상관청조의 추측이, 아니, 우려가 합당하다는 것을 알고 있지만, 절대 인정할 수는 없다는 의사를 서로가 서로에게 눈으로 전하고 있었다.

상관청조는 어쩔 수 없이 낯빛을 붉히는 것으로 죄송함을 드러내며 깊이 고개를 숙였다.

그리고 그도 다른 말은 하지 않고 그저 침묵했다.

그 역시 무슨 말을 해도 이충양 등의 자존심만 더 긁을 뿐이라는 걸 알았기 때문이다.

이윽고, 이충양이 자못 준엄하게 말했다.

"상관 군관의 말도 일리는 있다. 하지만 애초에 이번 사태는 북평 토벌을 결정하신 황명이 밖으로 새서 저들이 준동한 것이니만큼 우리가 성문을 닫고 공성전을 벌인다는 것 자체가 황제폐하의 존엄에 누가 되는 일을 수밖에 없다. 고로 우리는 나아가 싸워서 압도적인 승리로 저들의 준동이 한낱 객기 불과하다는 것을 증명해야 할 것이다."

그는 말미에 상관청조와 그의 의견에 동조하는 태도를 취한 군관들을 예리하게 보며 물었다.

"아니 그런가?"

실로 그렇지가 않았다.

황명이 밖으로 새어 나갔기 때문에, 더 나아가서 그로 인해 북평왕부가 군사를 일으켰다는 정보를 입수한 지 벌써 닷새가 지나도록 저들의 움직임이 전혀 포착되지 않고 있는 마당이기 때문에 더욱 나아가 싸우는 것은 옳지 않았다.

그러나 상관청조는 이제 더 이상 반론을 제기할 없었다.

더 이상은 반론은 항명으로 받아들여질 것이고, 전시의 항명은 당연하게도 군법에 의해 참형이기 때문이다.

'길보다 흉이 많은 싸움이겠군!'

상관청조는 속으로야 그렇게 생각하면서도 언감생심, 감히 내색하지 못하고 정중히 고개를 숙였다.

"소관의 생각이 짧았습니다. 황제폐하의 존엄을 지키기 위해서 최선을 다해 싸우겠습니다."

이충양이 그제야 노려보던 시선을 거두며, 하지만 여전히 마뜩찮은 표정으로 고개를 끄덕였다.

그리고 무언가 한마디 더하려다가 그만두었다.

마침 그때 그들의 군막으로 누군가 들어왔기 때문이다.

"……!"

순간, 이충양을 비롯한 모두가 놀라는 한편으로 어색한 기색이 되었다.

아무런 기척도 없이 귀신처럼 스르르 그들의 군막으로 들어선 그 사람이 바로 천사교의 일천교도를 이끌고 이번 싸움에 나선 세 명의 십이신군 중 하나인 미령신군(未靈神君)인 까닭이었다.

비대한 몸집과 얼굴에 붙은 심술궂어 보이는 살덩어리들로 인해 도사가 아니라 흉악한 도적으로 보이는 그 미령신군이 능글맞게 웃으며 좌중을 둘러보았다.

"어째 분위기가 싸하네? 혹시 내 욕을 하고 있었던 건가?"

"무슨 그런 농을 다……! 다들 놀라서 그렇소. 신군께서 워낙 홀연히 나타나시니 어찌 놀라지 않겠소."

이충양이 웃는 낯으로 미령신군을 맞이했다.

허락도 없이 들이닥쳐서 하대에 가까운 말투로 지껄이는 상대를 보고도 그는 일말의 거북함도 내색하지 않고 있었다.

비단 이충양만이 아니라 좌중의 모두가 그랬다.

그럴 수밖에 없었다.

십이신군은 황제가 인정한 천사교의 사제들이기에 다들 싫든 좋든 한 수 양보해야 하는 입장이었다.

십이신군을 함부로 대했다가는 황제의 눈 밖에 나는 것이다.

"그랬소? 하하하……! 보기와 달리 본인이 좀 조용히 움직이긴 하지. 이거 괜히 미안해지는군. 하하하……!"

미령신군이 비대한 뱃살을 꿀렁거리며 웃다가 이내 거짓말처럼 웃음을 그치고 예리한 눈빛을 드러내며 재우쳐 물었다.

"그래서 다들 이리 한자리에 모여서 무슨 얘기를 하고 있었던 거요, 지금?"

미령신군의 질문을 들은 이충양이 절로 움찔했다.

그만이 아니라 좌중 모두의 얼굴에 긴장한 빛을 드리워졌다.

그럴 수밖에 없었다.

미령신군은 타고난 용모와 지닌바 능력이 놀라운 불일치를 보이는 사람이었다.

정확히 말해서 미령신군은 '미령'이라는 즉, 양의 혼이라는 이름과 걸맞지 않게 엄청나게 급하고 거친 성격을 가졌으면서도 얼음덩어리처럼 냉정한 사람이 그였다.

가공할 무공을 지녔으면서도 동시에 천사교에서 자면신군 다음 가는 지낭(智囊)이 바로 그인 것이다.

지금 그 모순적인 모습이 적나라하게 드러나고 있었다.

이충양의 말을 그대로 믿는 것처럼 아무렇지도 않게 껄껄 웃어 버리고 나서 곧바로 이제 그만 진실을 얘기해 보라는 듯 차갑게 식은 눈빛을 드러내며 물은 것이다.

결국 이충양은 은연중에 발산되는 미령신군의 위압감을 견디지 못하고 사실을 털어놓았다.

"실은 매복에 이은 참살이라는 이번 작전에 대해서 회의적인 생각을 품은 군관이 더러 있었소. 지금 막 그 부분을 논의하고 해결한 참이었소."

미령신군이 충분히 이해한다는 표정으로 턱살을 꿀렁거리며 고개를 끄덕였다. 그리고 웃는 낯으로 물었다.

"누구요, 그 군관들이?"

이충양이 어색하게 따라 웃으며 대답했다.

"말했다시피 이미 해결되었소."

미령신군의 말투가 대번에 거칠어졌다.

"그러니까 누구냐고?"

이충양의 안색이 굳어졌다.

분노해서가 아니라 긴장해서였다. 좌중의 모두가 그랬다.

상관청조는 참지 못하고 나섰다.

"나요!"

미령신군이 날카로운 시선으로 상관청조를 쳐다보며 비릿하게 웃었다.

"역시 젊은 애군."

상관청조는 절로 인상을 썼다.

삼십 대 후반인 그는 일찍이 군에서 잔뼈가 굵은 사람으로, 상관이 아닌 자에게 굴복하는 경우가 없는 사람이라 미령신군의 고압적인 태도를 인정할 수 없었으나, 애써 참았다.

미령신군이 그런 그의 마음을 아는지 모르는지 거친 말투로 계속 말했다.

"매복에도 우리 애들이 참여하고, 선봉의 대부분도 우리 애들이지. 그런데도 그런 생각을 한다는 것은 너는 우리 애들을 즉, 우리 천사교를 믿지 못한다는 거겠지?"

"믿고 안 믿고의 문제가 아니라, 저들의 능력을 생각해서 보다 안전한 방법을 택하자는 것뿐이었소."

"그게 그거잖아. 우리를 믿지 못하니까 불안한 거잖아. 안 그래?"

"아니요. 엄연히 매복에도, 그리고 선봉에도 우리 금군이 포함되어 있음이오."

"그래, 대충 몇 명 들러리로 섞긴 했지. 그것도 너희들이 박박 우겨서. 그래 놓고 이제 와서 뭐가 어쩌고 어째? 하여간 너 같은 애들을 보면 내가 정말 답답해서 식욕이 떨어져요. 어째 그리 주제도 모르고 설치는지……! 야, 너는 우리 애들이 다들 너처럼 허약한 줄 아는 거지? 그렇지?"

미령신군이 선을 넘었다.

상관청조는 참지 못했다.

"말을 함부로 하지 마시오! 귀하는 황명에 따라 우리 군을 지원하는 일개 사병의 지휘관일 뿐이고, 본인은 엄연히 황군의 군관이오! 귀하를 무시하는 것은 황제폐하의 존엄에 해가 되는 일이라 마땅히 지양해야 할 일이지만, 그대 역시 본인을 하대할 수 없소! 우리 서로가 지휘 고하를 논할 수 없는 사이인데, 지금 감히 누구 보고 함부로 너라고 막말을 하는 거요!"

미령신군의 안색이 변했다.

살기가 비등하며 장내가 싸늘하게 식었다.

숨조차 제대로 쉴 수 없는 압력이 장내를 짓누르고 있었다.

미령신군이 피식 웃는 것으로 폭발할 것 같은 살기를 누르며 말했다.

"이번 매복과 선봉에 나선 우리 애들은 내가 직접 뽑았지. 다들 하나같이 삼 성에 준하는 내 주먹을 너끈히 감당해 낸 애들이야. 그러니 이렇게 하자. 너도, 아참, 너라는 거 싫다니 귀관. 귀관도 내 주먹을 한번 감당해 보는 거야. 그럼 알 수 있을 테지. 이번 계획이 무리인지 아닌지 말이야. 어때? 괜찮은 방법이지?"

미령신군은 지금 상관청조를 때려죽이려 하고 있었다.

바보가 아닌 다음에야 그것을 모를 수 없었다.

그가 휘두른 주먹에 삼 성의 공력이 실렸는지 십 성의 공력이 실렸는지 누가 알 것인가.

상관청조는 그럼에도 불구하고 물러설 수 없었다.

사내는 때론 안 되는 것을 알면서도 하지 않으면 안 될 때가 있는 법이었고, 그에게는 지금이 그런 때였다.

"좋소! 해 봅시다!"

미령신군의 입가에 미소가 떠올랐다.

짙은 살기에 젖은 미소였다.

상관청조는 그것을 알면서도 기꺼이 앞으로 나섰다.

죽으면 죽었지 이대로 물러날 수는 없었다.

그러나 이내 미령신군의 계획과 상관청조의 각오는 속절없이 무산되었다. 그들이 주둔한 본영이 등지고 있는 남경, 경사 응천부의 성내에서 붉은 화염과 연기가 피어났기 때문이다.

밖을 지키던 병사가 다급히 그들의 군막으로 뛰어 들어와서 그것을 알렸다.

"부, 불이, 성내에서 불길이 치솟고 있습니다!"

상장군 이충양을 비롯한 군막의 장수들 모두가 화들짝 놀라며 앞다퉈 밖으로 뛰쳐나갔다.

그들이 밖으로 나갔을 때, 미령신군은 어느새 먼저 나와서 도성의 하늘을 바라보고 있었다.

병사의 보고처럼 어두워져 가는 도성의 하늘에 붉은 화망이 보이고, 검은 연기가 퍼져 올라가는 것이 보였다.

"대, 대체 저게 무슨……?"

이충양이 놀라서 말을 더듬는데, 미령신군이 신음을 흘리는 것 같은 목소리로 말했다.

"병장기 소리가 나고 있다!"

천외천의
주인

이충양과 주변의 장수들 모두가 속으로 '저기서 여기가 어디라고?'라는 의심을 품었다가 이내 수긍하며 낯빛을 굳혔다.

그들의 진영에서 도성까지는 어림잡아도 삼십 리가 넘는 거리인지라 의심을 했으나, 상대가 천사교의 절대고수인 미령신군인 이상 믿지 않을 도리가 없었다.

미령신군이 씹어뱉는 듯한 목소리로 단정했다.

"습격이다!"

"스, 습격일 리가……?"

이충양이 이번에는 미령신군의 말을 듣고도 도무지 믿을 수 없다는 표정으로 부정했다.

그의 생각으로는 절대 그럴 리가 없기 때문이다.

그들의 본영은 서문 밖에 자리하고 있으나, 북문과 남문, 동문 밖에도 적지 않은 인원으로 구성된 황군이 진을 치고 있었다.

어찌 적이 기습을 할 수 있단 말인가.

그런 생각을 하다가 그는 문득 두 눈을 찢어질 듯 크게 부릅뜨며 다시금 말을 더듬었다.

"서, 설마 황궁……?"

그러나 미령신군은 이충양의 부정이나 경악에 아무런 관심을 두지 않고 혼잣말을 뇌까렸다.

"의표를 찌르는군! 곧 죽어도 문절이라 이건가?"

뇌까림의 여운이 빠르게 잦아들었다.

그 순간에 그는 이미 이충양의 곁을 떠나서 저 멀리 점으로 화하고 있었기 때문이다.

"막무가내로 우르르 몰려가면 혼란을 가중시키는 짓밖에 되지 않으니, 소수 정예를 구성해서 성내로 진입하도록!"

뒤늦게 들려온 미령신군의 냉정한 목소리가 이충양의 고막을 때렸다.

이충양은 그제야 퍼뜩 정신을 차리며 좌중을 향해 소리쳤다.

"후군의 군관들은 여기 본영을 지키고, 전군과 중군의 군관들과 천호와 백호들만 집결시켜라! 어서!"

그러고 나서야 그는 차갑게 식은 표정으로 곁에 서 있던 상관청조를 향해 쓰게 입맛을 다시며 나직한 한마디를 건넸다.

"이번 작전의 부당함을 주청한 너 때문에 우유부단한 내가 목숨을 지킬지도 모르겠구나."

황제의 제가로 이번 출정의 상장군이 된 좌군도독 이충양이 생각한 설마는 설마가 아니라 현실이었다.

황궁이 불타고 있었다.

코끝에 끼쳐 오는 고약한 냄새로 봐서 땅에서 올라오는 검은 기름을 사용해서 불을 지른 것이 분명했다.

고약한 냄새와 검은 연기를 내며 타오르는 이 불길은 물만 가지고는 절대 끌 수 없을 정도로 지독한 불길이었다.

그러나 황궁의 전역에 걸쳐 여기저기서 검은 연기를 토하는 불길이 일어나고 있음에도 적은 눈에 띄지 않고 있었다.

황궁의 사대문에 포진한 것도, 영내에서 사방으로 분주히 오가며 불을 끄거나 사람들을 대피시키는 것도 거의 다가 금의위의 병사들이었다.

그리고 그들 이외에 삼삼오오 짝을 지은 금의위들이 사방으로 흩어져서 적을 찾기 위해 혈안이 되어 있었다.

단숨에 서문 밖의 본영에서 황궁에 이르는 수십 리 길을 달려와서 그와 같은 상황을 확인한 미령신군은 적이 소수라는 것을 직감하며 천만다행이라고 안도하다가 불현듯 낯빛이 창백해졌다.

"서, 설마 미끼……?"

황궁이 불타면 성 밖에 주둔한 전군이 동요할 것이 자명했다. 그 자신만 해도 본영의 수뇌진에 해당하는 고수급들을 황궁으로 불러들였다.

다른 진영도 같을 것이다.

아니, 어쩌면 다른 진영의 지휘관은 전 병력을 이끌고 황궁으로 진입하는 아둔한 결정을 내릴 수도 있었다.

지금 이 순간에 적의 병력이 성 밖에 주둔한 본영을 공격한다면 어쩔 것인가.

수뇌진이 빠져나가서 지휘 계통이 무너진 병사들은 제대로 대항하지 못하고 속절없이 무너질 수밖에 없었다.

"이런 젠장……!"

미령신군은 더 생각할 것도 없이 주변을 살피다가 신형을 날려서 일단의 병사들을 이끌고 지근거리의 전각을 수색하던 황금빛 복색의 금의위 위사 하나의 멱살을 낚아챘다.

금의위 위사가 반사적으로 칼을 휘둘렀다.

미령신군은 그 칼을 아무렇지도 맨손으로 잡아내며 물었다.

"금의위 대장 상암(相岩)은 어디에 있느냐?"

금의위 위사가 맨손으로 자신의 칼을 잡아 버리는 그에게 놀라면서도 거듭 반격을 가려다가 그를 알아보고 멈추었다.

사전에 십이군신은 금의위와 금군 모두에게 얼굴을 알려 둔 것이다.

"건청궁에 계실 거요!"

미령신군은 놀라고 당황한 와중에도 공대를 하지 않고 대꾸하는 금의위 위사의 건방진 태도에 화가 났으나, 지금은 그걸 따질 계제가 아니었다.

그는 즉시 금의위 위사를 놓아주고 신형을 날려서 건청궁으로 갔다.

사전에 황궁의 요소를 파악해 둔 까닭에 건청궁이 황제의 집무실이고, 어디에 위치해 있는지 익히 잘 아는 그였다.

그러나 그는 굳이 건청궁으로 가서 금의위 대장 상암을 만날 필요가 없었다.

그가 건청궁에 도착했을 때는 그보다 먼저 도착한 자면신군이 앞마당에서 상암을 독려하고 있었다.

"이건 미끼다! 성 밖에 주둔한 본영이 노리려는 거다! 지금 당장 사대문으로 위사들을 보내서 황궁으로 진입하려는 금군을 돌려보내라!"

"아, 알겠소! 너는 동문, 너는 서문, 너는 남문으로 가라! 북문은 내가 직접 가겠다! 무조건 다 본진으로 돌려보내!"

상암이 즉시 수긍하며 예하의 위사들에게 지시하고는 그 자신도 허겁지겁 장내를 떠났다.

자면신군이 그제야 미령신군에게 시선을 주며 빙그레 웃었다.

"역시 미령이구나. 단번에 사태를 파악하다니 말이야."

"교주님과 함께 있는 줄 알았더니만, 여기 있었구려. 대형이 여기 있는 줄 알았으면 안 왔을 거요."

미령신군은 시큰둥하게 대꾸하고는 바로 돌아섰다.

자면신군이 돌아서는 그에게 말했다.

"천천히 가도 된다. 어차피 절반 이상은 쓸모없는 놈들이고, 나머지 절반 중에서 또 절반은 거추장스러운 놈들이니까."

미령신군은 애초에 이번 싸움이 어떤 연유로 시작되었는지 익히 잘 알고 있기 때문에 슬쩍 손을 들어 보이는 것으로 수긍하며 신형을 날렸다.

서두를 필요 없다는 말은 이해하지만 동의할 수는 없었다.

세상에 불구경보다 더 재미있는 것이 싸움 구경인데 어찌 포기할 수 있단 말인가.

'제대로 구경하려면 서문을 우회하는 게 낫겠네.'

서문으로 나갔다간 그의 지시에 따라 몰려오는 이충양 등, 본영의 지휘관들과 마주칠 것이다.

싸움을 제대로 구경을 하려면 그들보다 먼저 본영으로 돌아가는 것이 좋았다.

"오두(午頭)가 적당히 싸워야 할 텐데 말이야."

본영에는 십이신군의 한 사람인, 오두신군이 있었다.

오두신군은 워낙 사납고 거친 녀석이라 애초의 계획도 무시하고 너무 설칠까 봐 적잖게 걱정이 되었다.

어떤 상황이 닥쳐도 그들이 질 것이라고는 전혀 생각하지 않는 것이다.

그런데 그가 그런 생각을 하며 서문과 북문 사이의 담을 넘어서는 달려가는 순간이었다.

그가 예상하지 못한 이변이 발생했다.

담벼락과 멀어져서 어두운 수풀 지대에서 갑자기 불쑥 모습을 드러내며 그의 앞을 막아서는 세 사람이 있었다.

"과연 문절이야. 이쪽으로 나서는 천사교의 쥐새끼가 있을지도 모른다고 하더니만, 정말이네그려. 흐흐흐……!"

예의 없이 욕설까지 하며 음충맞게 웃는 상대는 세 사람 중

선두에 나선 사람으로, 일장에 달하는 장창인 방천화극(方天畵
戟)을 어깨에 걸친 성장 차림의 늙은 장수였다.

미령신군은 한 번도 본 적이 없는 낯선 상대인 그 늙은 장수
를 첫눈에 알아볼 수 있었다.

사전에 북평왕부군의 요인들에 대한 정보를 기억해 둔 결과
였는데, 그래도 확인은 필요했다.

"표기장군 위광인가?"

제국의 운명 (3)

상대, 늙은 장수가 어깨에 걸치고 있던 방천화극을 내려서 옆구리에 걸치며 냉소를 날렸다.

"나라를 좀먹는 쥐새끼가 누군지 내가 알아서 뭐 하누. 쓸데 없이 군소리 말고 목이나 길게 내밀어라. 단번에 베어 주마!"

에둘러 대꾸했지만, 틀림없었다.

상대는 황제가 대장군 하후연을 숙청하면서 문절 설인보와 함께 변방으로 내친 무절 표기장군 위광이었다.

미령신군은 빙그레 웃었다.

상대가 제아무리 대내무반의 최고수인 금군대교두 공손벽과 어깨를 나란히 하는 군부의 무장이라고 해도 그가 긴장할 이유 는 없었다.

과거 천마공자의 실종으로 말미암아 아직 정식으로 공표되지는 않았지만, 그의 무공은 능히 마교일천마군에 속할 정도로 뛰어났기 때문이다.

그는 난데없는 위광의 등장이 자신을 본영으로 돌아가지 못하게 하려는 것으로 보며 끌끌 혀를 찼다.

"혹시나 했는데, 역시나 고작 성동격서(聲東擊西)에 불과한 수작이었나. 이거 너무 뻔히 보여서 우습지도 않은 걸 그래?"

위광이 웃었다. 아무리 봐도 비웃음이었다.

"그래, 그렇게 알고 가거라."

미령신군은 절로 미간을 찌푸렸다.

여유로운 위광의 태도를 보자 무언가 자신이 놓치고 있는 부분이 있는 것은 아닌지 의심이 들었다.

그는 은근히 찔러 보았다.

"그렇게 뭐가 더 있어 보이면 기분이 좀 좋아지나?"

위광이 옆구리에 걸치고 있던 방천화극으로 지면을 두드리며 투덜거렸다.

"그 녀석 참 말 많네? 너는 싸움을 말로 하냐?"

미령신군은 이제야말로 무언가 더 있는 것 같다는 기분에 사로잡혔다.

시간을 끌려고 하지도 않고 싸움을 종용하는 위광의 태도가 그의 기분을 그렇게 몰아붙였다.

도발로 싸움을 종용하면서도 정작 먼저 나서지는 않는 위광의 태도가 아무리 봐도 승리를 자신해서 위세를 떠는 것 같지 않아서 더욱 그랬다.

'정말 뭐가 더 있는 건가?'

미령신군은 안색을 바꾸며 물었다.

"뭐가 더 있는 거지?"

위광이 빙글거리며 대꾸했다.

"내가 그걸 네게 말해 줄 이유가 뭐냐?"

이제 보니 무절이라는 위광도 무력만 뛰어난 것이 아니었다.

타고난 것인지 아니면 실전에서 얻은 경험을 바탕으로 하는 노련함인지는 몰라도, 참으로 심리전의 귀재 같았다.

고작 말 몇 마디로 미령신군을 심히 조급하게 만들고 있는 것이다.

미령신군은 그것을 느끼고는 마침내 칼을 뽑아 들며 싸늘하게 응대했다.

"죽기 싫으면 말해야지!"

위광이 그의 시선을 마주한 채로 지면에 대고 있던 방천화극을 들어서 수평을 만들며 차갑게 웃었다.

"여기서 기다린 건 네가 아니라 나다. 내가 죽으려고 너를 기다린 것 같으냐?"

미령신군은 냉소를 날렸다.

"여기 나타날 사람이 난 줄 몰랐다는 거지."

말을 끝내기 전에 반응한 그의 신형이 그야말로 전광석화처럼 위광을 덮쳤다.

위광이 그런 그에 못지않게 빠른 반응으로 수중의 방천화극을 높이 쳐들었다.

그의 신형이 마치 누가 뒤에서 당기는 것처럼 순간적으로 물러나고 있었다.

그의 반응은 반격이 아니라 후퇴였던 것이다.

"······?"

미령신군이 일순 이게 뭔가 싶은 생각이 드는 그 순간, 두 개의 칼날이 위광의 자리를 점령한 그를 좌우에서 쓸어 왔다.

위광의 뒤에 시립해 있던 두 명의 흑의사내가 휘두른 칼이었다.

위광은 뒤로 물러났으나, 그들은 물러나지 않고 자리를 지키고 있다가 위광의 자리로 들어선 미령신군을 공격했다.

실로 사전에 약속이 되어 있지 않다면 절대 그럴 수 없을 정도로 빠른 공격이었다. 그리고 움직이는데도 가벼운 옷자락 소리 하나 들리지 않는 것으로 보아 상당한 수련을 쌓은 자들 같았다.

그러나 미령신군이 보기에는 그렇게 대단한 고수들이 아니었다.

그의 능력은 그들이 생각한 것보다 윗길에 있는 것이다.

쐐애액—!

미령신군은 예리하게 공기를 가르는 칼날의 파공음을 느끼는 순간 벌써 대응에 나서고 있었다.

실로 예상치 못한 공격의 실패와 반격이 연이어졌음에도 그는 전혀 놀라거나 당황하지 않고 대응했고, 성공했다.

까강–!

거친 금속성이 연이어 터졌다.

불똥이 튀며 조각난 강기의 파편이 사방으로 비산했다.

미령신군이 단칼에 두 사내의 칼을 막아 낸 결과였다.

그리고 그 격돌의 여파는 그보다 기습을 감행한 두 사내가 더 크게 받았다.

"크……!"

두 사내는 누가 먼저랄 것도 없이 동시에 억눌린 신음을 흘리며 물러났다.

몸이 튕겨 나간 것은 아니나 튕겨 나가는 칼을 놓치지 않기 위해서 그들은 그렇게 물러날 수밖에 없었다.

"고작 합공을 믿고 그 거만을 떨었던 거냐?"

미령신군은 좌우로 물러나는 두 사내 중 우측의 사내를 그림자처럼 따라붙으며 조소를 날렸다.

허세가 아니었다.

두 사내를 상대함에 있어 그는 그 정도의 여유를 가져도 좋을 만큼의 능력이 있었다.

"왕인!"

좌측으로 물러나던 사내가 다급히 소리치며 악착같이 신형을 반전해서 미령신군의 뒤를 노렸다.

　　그랬다.

　　우측으로 물러나던 사내는 바로 설인보의 사대가신 중 한 사람인 왕인이었던 것이다.

　　그 왕인이 사력을 다해서 수중의 칼을 쳐드는 것으로 방어에 나서며 소리쳤다.

　　"징징대지 말고 구복, 너나 잘해!"

　　미령신군은 아직 여유가 있음에도 본의 아니게 왕인의 말에 현혹되어서 뒤를 노리는 사내, 바로 왕인과 마찬가지로 설인보의 사대가신 중 한 사람인 구복의 공격을 신경 쓰지 않을 수 없었다.

　　그 바람에 왕인을 향한 공격이 얕았다.

　　깡ㅡ!

　　금속성이 터지며 왕인의 신형이 뒤로 나뒹굴었다.

　　아슬아슬하게나마 미령신군의 공격을 막아 내긴 했으나, 여파를 감당하지 못하고 튕겨 나가며 중심을 잃은 것이다.

　　미령신군은 그사이 신형을 돌려서 구복의 공격을 막았다.

　　깡ㅡ!

　　거듭 이어진 금속성과 함께 불꽃이 튀었다.

　　동시에 구복도 왕인처럼 격돌의 여파에 밀려 나가며 중심을 잃고 내뒹굴었다.

미령신군은 거기에 만족하지 않고 그림자처럼 구복을 따라 갔다.

왕인이 그 순간에 일어나서 지체 없이 미령신군의 뒤를 노렸다.

"이것들이 정말……!"

미령신군은 뒤로 다가오는 왕인의 검기를 느끼며 이를 갈았다.

구복을 포기하고 돌아서는 그의 전신에서 검은 안개 같은 마기가 뭉클 피어나고 있었다.

분노한 그가 마침내 전신의 공력을 끌어 올린 것이다.

하지만 그 순간에 그를 노리는 진짜 공격은 왕인의 칼날이 아니라 뒤로 빠져 있던 위광의 방천화극이었다.

휘우우우웅─!

불 붙은 아름드리나무가 휘둘러지는 듯이 엄청난 파공음이 장내를 압도했다.

아무런 변화도 없이 그저 크게 휘두르는 공격에 불과했으나, 거기 실린 힘은 실로 무지막지하다는 느낌이 절로 들었다.

"젠장!"

미령신군은 어쩔 수 없이 왕인을 향한 대응을 포기하고 뒤로 물러났다.

물러나는 것밖에는 다른 도리가 없는 공격이었다.

그러나 위광의 방천화극은 마치 거대한 돌풍처럼 그가 머물던 자리에서 멈추지 않고 거세게 밀고 들어왔다.

취리릭-!

방천화극의 서슬이 닿기도 전에 도착한 기세가 미령신군의 전신을 할퀴었다. 옷깃이 조각나서 흩날렸다.

미령신군은 감히 경시하지 못하고 물러나는 와중에 칼을 들어서 방어했다.

까가강-!

거친 금속성이 터지며 불똥이 튀었다.

갈기갈기 찢겨 나간 강기가 사방으로 비산하는 가운데, 방천화극의 거대한 서슬이 미령신군의 칼날을 거칠고 사납게 긁었다. 그리고 밀어붙였다.

"익!"

미령신군은 예상하지 못한 방천화극의 무지막지한 힘에 적잖게 당황했다.

칼을 잡은 손바닥에서 전해지는 쩌릿한 진통이 그의 뇌리로 직결되었다.

손바닥에 이어 손목이 마비되며 어깨마저 뻐근해졌다.

하지만 이때까지만 해도 그는 아직 여유가 있었다.

실로 예상치 못한 파괴력에 당황하긴 했으나, 걱정할 것은 없었다.

무식하게 힘만 센 공격이었다.

속도는 그리 빠르지 않아서 뻔히 눈에 보이니 피해 버리면 그만이었다.

바보처럼 곰을 힘으로 잡는 사냥꾼은 없는 것이다.

'그래도 먼저 잡아야지!'

위광의 방천화극은 제대로 맞으면 아무리 그라도 막대한 타격을 입을 수 있는 공격이었다.

눈먼 화살에 맞을 수 있는 것처럼 자칫 실수라도 하는 날엔 실로 곤란한 지경에 빠질 수 있으니, 위광부터 먼저 처리해야 한다는 판단이었다.

그런데 미령신군은 그럴 수가 없었다.

쐐액-!

폭풍 같던 방천화극의 범위를 벗어나서 간신히 신형을 바로 잡으며 반전해서 위광을 향해 쏘아지는 미령신군의 측면으로 왕인의 칼날이 쇄도했다.

미령신군이 반사적으로 칼을 휘둘러서 왕인의 칼날을 막아내자, 이번에는 반대편에서 구복의 칼날이 찔러 들어왔다.

그리고 그것마저 방어하자, 다시금 거대한 폭풍이 몰아쳤다.

위광의 방천화극이었다.

깡! 까가강-!

연이어 터지는 거친 금속성 아래 미령신군은 계속해서 밀렸다.

막고 또 막아도 끊임없이 쇄도하는 왕인과 구복의 칼, 그리고 그 틈에 무지막지한 경력을 내포한 채 휘둘러지는 위광의 방천화극의 협공은 그야말로 빠르고 예리하며 신랄해서 천하의 그로서도 쉽게 감당하기 어려웠다.

왕인과 구복의 칼만 상대하라면 얼마든지 상대할 수 있고, 충분히 역공을 가해서 쉽게 처리할 수도 있었다.

위광의 방천화극만 상대하라고 해도 마찬가지로 얼마든지, 그야말로 놀면서 상대해도 충분했다.

그런데 그들, 세 사람을 한꺼번에 상대하자니 얘기가 달라졌다.

수레바퀴처럼 정확히 맞물려 돌아가는 그들의 합공은 실로 물 흐르듯 부드러우면서도 강약의 조화로 완벽했다.

미령신군은 반격의 기회를 잡지 못한 채 계속해서 밀렸다. 그것도 한순간도 방심할 수 없는 긴장 속에서 그랬다.

'이러다가는……!'

이윽고, 낯선 벌레처럼 스멀스멀 기어오른 생경한 감정이 미령신군의 정신을 옭아매기 시작했다.

어처구니없게도 자신이 패배할 수도 있겠다는 두려움이 바로 그것이었다.

미령신군은 어쩔 수 없이 이를 악물고 수치심을 누르며 도주를 생각했다.

정말 이대로 당할 수는 없었다.

치욕스러운 모멸감에 전신이 떨릴지언정 우선은 살아야 했다.

살아야 복수도 할 수 있는 것이다.

"두고 보자! 내 기필코 오늘의 수치를 네놈들의 피로 씻으리라!"

미령신군은 폭풍처럼 밀려온 위광의 방천화극을 막아 내고 그 여파에 순응해서 뒤로 몸을 날리며 이를 갈았다.

도주였다.

"이런……!"

순간적으로 방천화극을 통해 전해진 느슨함으로 말미암아 미령신군의 의도를 간파한 위광이 당황했다.

위광의 뒤를 이어서 미령신군의 좌우측을 노리며 쇄도하던 왕인과 구복도 졸지에 눈앞에서 멀어지는 표적을 보며 망연자실했다.

그때였다.

밤하늘을 가르며 날아온 한줄기 유성이 뒤로 날아가는 미령신군을 덮쳤다.

정확히는 그의 머리 중앙 정수리를 움켜잡는 손이 있었다. 어이없게도 그건 그의 죽음을 부르는 사신의 손길이었다.

"헉!"

미령신군은 불현듯 하늘 저편에서 날아온 무언가가 자신의 머리를 움켜잡자 절로 기겁했다.

제아무리 철석감담을 가진 사람이라도 그런 상황에서 그런 일을 당하면 그러지 않을 수 없을 터였다.

그대로 혼절해 버려도 전혀 이상하지 않을 상황이었다.

다행인지 불행인지는 모르겠으나, 미령신군은 혼절하지는 않았다.

그 바람에 자신을 추적하려고 지상을 박차려다 그대로 멈추며 반색하는 왕인과 구복의 외침을 들을 수 있었다.

"소주!"

당연하게도 유성처럼 밤하늘을 가로질러서 나타난 사람의 정체는 바로 설무백이었다.

미령신군은 바보가 아니었다. 아니, 설령 바보라도 왕인과 구복의 말을 들으면 그들과 지금 자신의 머리를 잡은 손의 주인이 어떤 관계인지 대번에 알 수 있을 것이었다.

졸지에 직면한 사태에 놀라고 당황해서 멈추었던 그의 사고가 그로 인해 다시 돌아갔다.

돌이켜 보면 제아무리 갑작스러운 당한 사태에 당해서 그랬다고는 하나, 반항할 생각도 못하고 굳어져 버린 자신의 실태가 참으로 한심하기 짝이 없었다.

그 생각과 동시에 그는 움직였다.

상대는 그저 한손으로 그의 머리 중앙 정수리를 움켜잡고 있었다.

미령신군은 효과적으로 반격을 가할 수 있는 수십 가지의 수법이 동시에 머릿속에 떠올라서 오히려 망설여졌다.

천외천의
주인

그는 그중 가장 단순한 수법을 선택해서 손을 썼다.

자신의 머리를 잡고 있는 상대의 손목을 두 손으로 잡아서 옆으로 비틀어 버리는 수법이었다.

무릇 단순한 것이 가장 효과적인 법이다.

게다가 내공을 주입한 그의 완력은 만년한철조차 우그러트릴 수 있었다.

상대의 손목은 수수깡처럼 부러질 수밖에 없을 터였다.

그러나 그런 일은 벌어지지 않았다.

턱-!

미령신군은 분명 자신의 머리를 잡고 있는 상대의 손목을 두 손으로 잡고 전력을 다해서 비틀었다.

그런데 상대의 손목이 전혀 비틀어지지 않았다.

그는 무력하게 그저 상대의 손목을 두 손으로 잡고 있을 뿐이었다.

그때 상대가, 그는 아직 모르지만 설무백이 반색하고 있는 왕인과 구복을 향해 물었다.

"죽여도 되는 놈인 거지?"

"이런 미친……!"

미령신군이 그의 말을 듣고 발버둥을 쳤다. 하지만 아무것도 할 수 없는 무력한 버둥거림이었다.

왕인과 구복이 그런 미령신군을 일별하며 여부가 있겠냐는 듯 즉시 고개를 끄덕였다.

"아무렴요!"

"당연하죠!"

설무백은 고개를 돌려서 위광을 바라보며 거듭 물었다.

"괜찮은 거죠?"

위광이 누런 이를 드러내고 웃으며 대답했다.

"조카님의 뜻대로 하시게나."

위광은 왕인과 구복의 말로 인해 설무백이 설인보의 아들임을 알아본 것이다.

다만 그가 선뜻 허락한 것은 그것과 무관했다.

그는 평생을 야전에서 보낸 장수인 것이다.

그런 그에게 있어 남의 싸움에 끼어드는 것이 결례라는 강호무림의 법도는 한낱 사치에 불과했다.

그의 싸움은 서로를 배려하는 싸움이 아니라 무조건 상대를 죽여야 하는 싸움이었고, 그마저 간단한 실수로도 아군을 죽일 수 있는 난전이 대부분인 까닭이었다.

따라서 그는 일찍부터 자신이 상대하고 있는 적만을 상대하는 것이 아니라 눈에 보이고 손에 닿는 거리에 있는 적은 모두 다 자신이 상대하는 적으로 간주하는 싸움이 몸에 밴 사람이었다.

즉, 상대가 누구와 싸우고 있든지 간에 그 상대가 적이라면 가차 없이 살수를 펼치는 것이 상식이고 도리라는 게 그가 생각하는 싸움인지라 굳이 설무백을 말릴 이유가 없는 것이다.

천외천의
주인

다만 설무백은 그런 위광의 관념과 몸에 배인 철학을 전혀 모르기에 내심 배려에 감사하며 미령신군의 머리를 잡은 손에 내력을 주입했다.

천마령의 기운이 발현되며 그가 흡령력(吸靈力)이라고 명명한 흡정흡기신공이 발휘되었다.

"끄으……!"

미령신군은 가없는 무력감에 휩싸이며 자신의 모든 기력이 정수리를 통해서 빠져나가는 것을 느꼈다.

순간, 그는 지금 자신이 어떤 수법에 당하는 것인지 깨달으며 두 눈을 크게 떴으나, 더 이상 그가 할 수 있는 것은 아무것도 없었다.

빠르게 시들어 버린 그는 이내 앙상하게 말라비틀어진 나뭇가지처럼 거죽만 남은 주검으로 변해 버렸다.

"와, 또 변하셨네."

왕인이 여전히 두둥실 허공에 떠 있는 설무백을 보며 감탄했다.

"이젠 별 요상한 수법을 다 사용하시네요."

구복은 입을 딱 벌린 채 쳐다보며 아무런 말도 못하고 있었다.

위광도 매우 놀란 것 같았으나, 애써 내색을 삼가는 눈치였다.

설무백은 껍데기만 남은 미령신군의 주검을 한쪽으로 내던지고 손을 털며 스르르 지상으로 내려왔다. 그리고 불길이 보이는 동편, 바로 황궁 방향과 그 반대 방향인 서편을 번갈아 보며 물었다.

"소식을 듣고 오긴 했지만 이건 설명이 필요하네요. 불길은 황궁 쪽에서 치솟고 있는데, 정작 전투는 저 어두컴컴한 서쪽 군영에서 벌어지고 있으니 말입니다."

설무백의 말대로였다.

그가 도착한 시점에는 불길이 치솟는 황궁과 별개로 황군이 주둔한 서쪽 군영에서 대규모 전투가 벌어져 있었다.

왕인과 구복이 위광을 보았다.

아무리 상대가 설무백이라도 이건 위광의 허락이 필요한 대답이었던 것이다.

위광이 허락 대신 직접 대답했다.

"성동격서였네."

설무백은 바로 이해했다.

"황궁을 노리는 척하고 본영을 치신 거군요."

위광이 싱긋 웃으며 다시 말했다.

"다만 성동격서의 중첩이네."

설무백은 선뜻 이해하지 못하고 눈을 끔벅이다 이내 깨닫고는 불길이 오르는 황궁 방향을 바라보며 감탄했다.

"저게 미끼가 아니라 진짜라는 거군요."

황궁에 불을 지른다.

성 밖에 황군을 주둔시킨 자들은 그때 혹은 성 밖에 주둔한 황군의 본영이 공격을 받을 때 그것이 성동격서임을 깨닫는다.

하지만 그게 바로 진짜 기만이다.

사실은 성 밖에 주둔한 황군을 공격하는 것이 가짜인 성동(聲東)이고, 황궁을 치는 것이 진짜인 격서(擊西)인 것이다.

"과연 아버님이시네요."

"그래, 문절이 꾸민 수지. 게다가 이 계략은 워낙 철저하게 비밀에 붙인 상태로 움직인 까닭에 지금 저기 황군의 본영을 공격하는 병사들의 대부분은 처음부터 끝까지 자신들이 격서인 줄 알고 있을 게야."

"그렇다면 황궁을 치는 건 소수 정예들일 텐데, 동창인가요?"

위광이 감탄했다.

"누가 문절의 아들 아니랄까 봐서 단번에 그것을 꿰뚫어 보는군. 그래, 제독동창이 이끄는 동창의 일천 위사가 나섰네. 황제만 억압하면 우리의 승리야. 틀림없이 성공할 걸세."

설무백은 못내 걱정했다.

"낙관은 이릅니다. 천사교는, 아니, 마교는 그리 호락호락하지 않으니까요. 게다가 저쪽에는 천군이 있지 않습니까."

위광이 고개를 저으며 말을 받았다.

"그런 걱정 마시게나. 천군은 나서지 않을 게야. 민심과 천심이 전하께 닿아 있다는 것을 알 테니, 아니 틀림없이 알고 있을 테니까. 그들의 숙명은 황실을 지키는 것이지 황제를 지키는 것이 아니네. 그리고 마교는…….”

그는 의미심장하게 웃으며 설무백을 바라보았다.

“조카님이 있지 않은가.”

설무백은 절로 쓰게 웃었다.

연왕의 이번 발호에 그의 존재가 적잖은 영향을 끼쳤을 거라고 짐작은 했으나, 막상 직접 접하니 기분이 묘했다.

싫고 좋고를 떠나서 타인의 야망에 이용당하고 있다는 사실이 못내 거북한 느낌이었다.

하지만 엄밀히 따지면 이용만 당하는 것이 아니었다.

그도 연왕을 이용하고 있었다.

의도한 바는 아니나 연왕의 존재는 그가 상대하는 마교의 시선을 크게 분산시키고 있지 않은가.

그런 생각으로 마음을 다잡은 그는 새삼스러운 시선으로 황군이 주둔한 서쪽과 불길이 보이는 동쪽, 바로 황궁의 하늘을 살피며 물었다.

“어느 쪽으로 가실 겁니까?”

위광이 새삼 빙그레 웃고는 그가 살핀 그 어느 쪽도 아닌 북쪽 방향을 가리키며 말했다.

“나는 그 어느 쪽으로도 가지 않네. 성곽을 돌며 황군의 본영과 황궁을 차단하는 것이 이번에 주어진 내 임무일세.”

천외천의
주인

그는 말미에 왕인과 구복을 둘러보며 의미심장하게 덧붙였다.

"참고로 말하자면 우리처럼 움직이는 특공대가 서른두 개 조나 된다네. 물론 이 역시 자네 아비인 문절의 책략이네."

설무백은 절로 고개를 끄덕였다.

아버지 설인보를 문절이라 부르는 이유가 실감되고 있었다.

성동격서가 중첩된 작금의 상황에서 황궁과 황군의 본영을 차단하면 저들의 혼란은 이루 말할 수 없을 정도로 가중될 것이 자명했다.

'아마도 요인 암살을 위한 조도 따로 편성했겠지. 그래야 지휘 계통이 완전히 무너질 테니까. 그리고 보면 성 밖에 주둔한 황군의 본영을 공격하는 것이 전적으로 미끼만은 아닐 수도 있겠네.'

설무백은 어렴풋이 아버지 설인보의 큰 그림이 눈에 보이는 것 같아서 내심 안심했다.

상황이 이렇다면 그가 황군을 지원하는 천사교의 요인들만 제거하면 적어도 북평왕부군이 패배할 일은 없을 것 같았다.

'어쩌면 이 역시 형님의…… 아니, 아버님의 계획에 포함된 일일 수도 있겠네.'

설무백은 왠지 자신이 의지와 무관하게 다른 사람의 손에서 놀아나는 꼭두각시가 되어 버린 기분이 들어서 못내 떨떠름했지만, 그 사람이 아버지인 이상 탓할 수는 없는 일이라고 생각하며 말했다.

"알겠습니다. 그럼 어서 가 보세요. 황궁과 황군의 진영이 연결되면 싸움이 복잡해질 테고, 승리를 해도 피해가 클 겁니다. 아무것도 모르고 싸우는 것도 억울한데, 가능하면 적게 다치야지요."

위광이 씩 하고 웃으며 의미심장하게 대답했다.

"천사교의 요인들은 거의 다 황궁에 있을 거네."

그러니 맡아 달라는 얘기였다.

설무백은 그에 대한 대답을 회피하며 다른 걸 말했다.

"그보다 편하게 말씀하세요. 일찍이 아버님과 위 숙부님이 전장에서 생사고락을 같이하며 서로를 살피는 금란지교(金蘭之交)임을 귀에 못이 박히도록 듣고 자랐는데, 이리 거리를 두시니 제가 거북합니다."

위광이 누런 이를 드러내고 웃으며 고개를 저었다.

"그건 어려운 일일세. 조카님이 친우의 자식이기만 하다면야 그래도 문제 될 것이 없을 테지만, 조카님은 그 이전에 전하의 아우이자, 북평왕부의 수호자인 비공이 아니신가. 나는 이리 대하는 것도 불편하지 않으니, 부디 조카님이 이해해 주시게나."

설무백은 더 없이 정중하면서도 부드러운 위광의 태도에서 평생을 한 사람만 모시고 살아온 노장군의 견고한 고지식함을 읽고는 더 이상 그에 대해서는 언급할 수가 없었다.

위광이 그런 그를 보며 은근히 물었다.

"아무려나 나는 이제 가네만, 조카님은 어쩌실 건가?"

설무백은 불길이 보이는 황궁의 하늘을 바라보았다.

"저야 저쪽으로 가야지요."

위광이 만족한 미소를 보이며 일장에 달하는 방천화극을 두 손으로 잡고 눈높이로 올리는 예를 취했다.

"그럼 부탁하네."

설무백은 마주 공수했다.

"보중하십시오."

위광이 웃는 낯으로 돌아서서 자리를 떠났다. 왕인과 구복도 서둘러 설무백에게 인사하고는 그 뒤를 따라갔다.

때를 같이해서 설무백의 주변으로 십여 개의 검은 인영이 유령처럼 홀연히 나타났다.

검노와 쌍노를 비롯한 풍잔의 요인들이었다.

설무백은 굳이 그들의 존재를 드러내고 싶지 않아서 후방에 대기시켜 놓았던 것이다.

"제법 단단한 늙은이다 했더니만, 독장군(獨將軍) 위광이었군 그래."

철각사의 말이었다.

설무백은 낯선 말이라 고개를 갸웃했다.

"독장군이요?"

철각사가 말했다.

"몰랐소? 대내무반의 최고수라는 금군대교두 공손벽과 야전제일이라는 저 사람 표기장군 위광은 강호무림에서도 명성이 자자할 정도로 아는 사람은 다 아는 걸물이지. 근데, 뛰어난 무위보다는 고지식하기 짝이 없던 대장군 하후연마저 두 손 두 발 다 들만큼 융통성이 없는 외곬으로 더 유명해서 다들 독장군이라고 부른다오."

"어울리는 별명이네요."

설무백은 정말 어울린다는 생각이 들어서 피식 웃었다. 그러다가 이내 안색을 바꾸고는 검노 등을 둘러보며 말했다.

"다들 들었을 테지만, 북평왕부군의 계획은 거의 완벽해 보입니다. 다만 천사교의, 아니, 마교의 저력은 얼마든지 변수를 만들 수 있는 존재지요. 그러니……."

말꼬리를 늘인 그는 눈빛으로 검노와 쌍노, 잔월, 독후, 검매 등을 가리키며 지시했다.

"여섯 분은 성 외곽에 주둔한 황군의 본영과 여타 주변의 군영을 돌며 북평왕부군을 지원해 주세요. 모르긴 해도, 천사교의 요인들이 상당수 배치되어 있어서 제아무리 치고 빠지는 전술을 구사하는 것이라도 북평왕부군의 전력만으로는 사상자가 많이 나오는 싸움이 될 테니, 도와줘야 합니다."

"본의 아니게 공신이 되겠구려."

검노가 두 없이 고개를 끄덕이고는 특유의 살기를 드러내며 돌아섰다.

천외천의
주인

나머지 쌍노와 독후, 검매, 그리고 늘 그렇듯 모습을 드러내지 않고 있던 잔월이 그 뒤를 따라갔다.

설무백은 그제야 묵묵히 돌아서서 황궁으로 향해 신형을 날렸다.

불길을 오르는 성내의 하늘을 주시하며 날아가는 그의 눈빛에는 전에 없던 살기가 떠올라 있었다.

그가 품은 이번 싸움의 목적이 너무나도 분명했기 때문이다.

그는 황실의 패권과 무관하게 오늘 기필코 천사교주를 제거하겠다는 독심을 품고 있었다.

⚜

오늘 성내만이 아니라 황궁의 영내에서 갑자기 불길이 치솟으며 적의 침입이 드러났을 때, 가장 놀라고 당황한 사람은 누가 뭐래도 금의위 대장 상암이었다.

적어도 그의 생각은 그랬다.

금의위는 황제의 직속 친위대이자 비밀경찰이고, 그는 황제가 직접 임명한 그들의 수장이었다.

정확히 풀어서 말하면 모든 법을 능가하는 초법적인 권한을 가지고 상대가 누구든 체포, 감금, 고문과 같은 행위들을 대신들의 허락 없이 마음대로 실시할 수 있으며, 내부의 군사기밀을 다루는 데다가, 적의 본진에서 정보들을 빼 오거나 분열시키는 업무 또한 수행하면서 경사의 행정과 보안을 책임지는 절대 권력의 능력자가 바로 그였다.

그런데 청천벽력도 유분수지 느닷없이 성내의 사방에서 불이 나고, 황궁의 영내에서도 불길이 치솟으며 그것이 적의 침입에 의한 사태라는 것이 드러났으니, 그 모든 책임이 그에게 귀결되는 것이다.

그리고 아쉽게도 상암은 대대로 장수와 군관을 배출한 장군가의 핏줄이긴 하나, 실력이 아니라 고관대작인 아비의 후광에 힘입어 금의위 대장으로 임명된 사람으로 이런 사태는커녕 실전 상황에 대한 경험도 전무했고, 심지가 깊지 않아서 임무에 대한 책임감보다는 그 책임에 대한 두려움을 더 크게 느끼는 사람이었다.

그래서 그는 사태가 발발하자 원리 원칙도 잊은 채 제대로 대처하지 못하고 허둥지둥하다가 우여곡절 끝에 뒤늦게 황궁 내에 주둔한 금의위의 팔 할에 해당하는 병력을 황제의 침소로 보내서 황제를 호위하게 하고, 나머지 이 할의 병력만을 운영해서 황궁의 내부를 수색하도록 지시했다.

이는 금의위의 임무 중에서 가장 우선하는 임무인 황제를 경호하는 임무에 집중하자는 결정이었는데, 그나마 그것도 보다 못한 예하 군관의 조언으로 이루어진 행동이었다.

어쨌거나, 예하 군관의 조언에 따른 그 결정은 매우 적절하다고 보기는 어려워도 그다지 나쁘지는 않았다.

황궁 밖에서 벌어진 소란까지 관여했다간 정작 황제의 경호가 부실해질 수 있는 사태를 미연에 방지한 셈이었기 때문이다.

앞서 서문 밖, 황군의 본영에 있다가 불길이 치솟는 황궁의 하늘을 보고 지체 없이 달려온 미령신군의 눈에 들어온 황궁의 모습이 바로 그와 같은 경위를 통해서 이루어진 것이었다.

그러나 결과적으로 말해서 그다음에 상암이 황제의 거처를 지키고 있다가 만난 자면신군의 충고는 실로 패착이었고, 그 충고를 따라서 움직인 상암에게는 더 없는 악재였다.

중첩된 성동격서로 인해 진짜 미끼는 황궁이 아니라 서문 밖에 주둔한 황군의 본영이었으나, 그것을 알 도리가 없는 상암은 자면신군의 지시에 따라 적잖은 병력을 동원해서 황궁으로 진입하는 본영과 여타 진영에서 달려온 군사들을 돌려보내는 데 사용했다.

그리고 한시름 놓은 김에 황제의 거처를 지키던 병력까지 일부 빼서 불길을 잡는 데도 동원했으며, 그 자신도 딴에는 솔선수범하는 모습을 보인답시고 성내를 돌며 수색하는 대원들을 독려하는 데 열을 올리고 있었기 때문이다.

물론 상암에게도 나름 믿는 구석이 있기는 했다.

황제의 거처는 그가 배치한 금의위의 병력만이 아니라 천사교가 배치한 고수들도 포진해 있었다. 그리고 그들, 고수들의 능력은 금의위에 비할 바가 아니었다.

설령 이번 싸움에 나섰다는 문무쌍절이 아니라 문무쌍절 할아비가 와도 그들을 통과하는 것은 절대 불가능한 일이라고 그는 내심 굳게 믿고 있었다.

성내에, 그리고 황궁의 요소요소에 불을 지르고 나서 죽은 듯이 숨을 죽이고 숨어 있던 자들, 바로 연왕 주체의 특명을 받고 설인보의 작전에 특공대로 나선 제독동창 조위문 이하 동창의 제기들이 활동을 개시한 것은 바로 그 순간, 수색에 나선 상암이 푸근하게 마음을 놓고 있을 때였다.

별다른 징후는 없었다.

적어도 상암의 입장에서는 그랬다.

침입한 적을 색출하기 위해서 휘황찬란하게 횃불을 밝혀 든 채 황궁의 요소요소를 수색하던 금의위의 병사들이 하나둘씩 소리 없이 사라지고 있었지만, 그들을 색출하기 위해서 나선 그는 그것을 꿈에도 모르고 있었다.

그러나 고도의 은신법이 가미된 경신술로 주변의 이목을 가리고 황궁의 담을 넘어서 새처럼 자연스럽게 이름 모를 전각의 지붕에 내려앉은 설무백은 대번에 그와 같은 상황을 간파했다.

성 밖의 싸움이 어떻게 돌아가는지는 몰라도 황군에서 벌어지는 싸움은 북평왕부군의 압승이었다.

"북평왕부를 너무 얕잡아봤군."

묻지도 않은 말에 철각사가 대답했다.

"얕잡아봤다기보다는 그냥 인물이 없는 걸 거요. 작금의 황궁이 직언을 서슴지 않는 인재를 내치고 아부에 능한 탐관오리의 자식들만 등용한다는 것은 어제오늘 얘기가 아니니까."

설무백은 이채로운 눈빛으로 철각사를 바라보았다.

"그 오랜 시간을 숨어 살았으면서 그런 것도 다 알아요?"

철각사가 퉁명스럽게 대꾸했다.

"귀를 닫고 산 건 아니니까. 그리고 숨어 산 적 없소. 그쪽을…… 음, 그러니까, 대당가를 잡으려고 세간의 이목을 기피했을 뿐이지."

설무백은 피식 웃으며 그의 말투를 꼬집었다.

"괜한 신경 쓰지 말고 그냥 편하게 말하세요. 전 아무래도 좋으니까."

철각사가 슬쩍 딴청을 부리며 대꾸했다.

"그냥 넘어갑시다."

설무백은 새삼 피식 웃고는 이내 말문을 돌렸다.

"아무튼, 인재가 아주 없지는 않은 모양이네요. 여기는 나설 필요도 없는 것 같은데……."

그는 고개를 돌리며 예리해진 눈빛으로 황궁의 중심을 차지한 한 채의 대전을 바라보았다.

"저쪽은 아니네요. 천사교의 애들이 저쪽에 다 집결해 있는 모양인데, 마기를 품지 않은 자들 중에도 상당한 기세를 품은 자들이 적지 않네요."

철각사가 새삼스러운 눈빛으로 설무백을 바라보았다.

"그 재주는 정말 들을 때마다 신기하군. 여기서 저기까지는 눈대중으로 봐도 백여 장에 가까운 거리인데, 저기서 풍기는 마기를 느낄 수 있다니, 정말 대단하오."

옆에 있던 공야무륵이 끼어들며 물었다.

"마기만이 아니라 기세도 느낀다고 했는데, 그건 안 신기하나요?"

철각사가 대수롭지 않게 대꾸했다.

"안 신기하오. 그건 나도 감지할 수 있으니까."

"아……!"

공야무륵이 무색해진 표정으로 고개를 끄덕였다.

그는 느낄 수 없는 것이다.

태양신마가 그런 공야무륵을 쳐다보며 눈총을 주었다.

"아직 멀었군. 더 정진해."

태양신마도 감지할 수 있다는 뜻이었다.

공야무륵이 새삼 무색해진 표정으로 검영에게 시선을 주었다.

검영이 태연하게 어깨를 으쓱했다.

그녀도 능히 감지할 수 있다는 것인데, 설무백의 어깨 위로 불쑥 얼굴을 드러낸 요미가 헤헤 웃으며 말했다.

"나도 느낄 수 있는데."

뒤를 이어 또 한 사람이, 아니, 괴물이 끼어들었다.

"느낄 수 있다, 나도."

정체를 숨기기 위해서 입 주변인 하관을 제외한 얼굴 전체를 가리는 철가면을 쓰고, 이름조차 설무백이 지어 준 철면신(鐵面神)으로 바꾼 권천이었다.

무색한 표정을 짓고 있던 공야무륵의 얼굴이 붉게 변했다.

자존심이 상한 것이다.

하지만 사실을 말하자면 이건 그가 자존심 상할 일이 아니었다.

그의 능력이 낮은 것이 아니라 지금 그의 주변에 있는 사람들의 능력이 실로 대단한 것이었기 때문이다.

백여 장의 거리를 격하고 상대의 기도를 느낄 수 있는 사람은 강호무림을 통틀어도 손가락에 꼽힐 것인데, 그런 사람들 중 무려 네 명이 지금 이곳에 있는 것이다.

'아니, 검노와 쌍노, 어쩌면 잔월 노야까지 하면 일곱 명이나 되네. 이게 말이 되는 거야?'

공야무륵은 자존심이 상해서 무색해진 기분에 내심 놀라면서도 주눅이 들지는 않았다. 그저 가슴 한구석에서 후끈한 열기가 피어날 뿐이었다. 호승심이었다.

'두고 보라지!'

지금은 아니지만 머지않아 따라잡을 수 있었다. 기필코 따라잡을 터였다.

다른 건 다 참아도 자신보다 강한 사람이 설무백의 곁을 지키는 것은 절대 용납할 수 없다는 게 그가 가진 단 하나의 욕망이자, 야망이었다.

　그런 사람들이 설무백을 등졌을 때, 자신이 능히 처리할 수 있어야 하기 때문이다.

　다른 사람에게는 그게 과한 생각일지 몰라도, 그에게는 그게 당연한 생각이었다.

　공야무륵이 내심 그런 각오를 다질 때였다.

　설무백의 눈빛이 변했다.

　철각사도, 그리고 태양신마와 설무백의 어깨 위로 귀신처럼 둥둥 뜬 얼굴을 내민 요미도 예리한 눈빛이 되었다.

　공야무륵도 이내 감지했다.

　불현듯 앞서 설무백이 주시한 대전에서 거센 기운이 느껴졌다. 그리고 이내 병장기가 부딪치는 듯한 쇳소리도 들려왔다.

　"어라?"

　설무백이 의외라는 표정으로 고개를 갸웃하고는 이내 철각사를 위시한 주변의 모두를 둘러보며 당부했다.

　"대전으로 몰려드는 병력을 차단해 주세요! 그리고 상대가 천사교의 무리라면 무조건 죽이세요! 그리 오랜 시간은 걸리지 않을 테니, 잘 부탁합니다!"

　모두가 두말없이 고개를 끄덕였다.

　애초에 그게 그들에게 주어진 임무였던 것이다.

그 순간, 설무백은 두둥실 떠올라서 빛살처럼 빠르게 대전을 향해 날아갔다.

그야말로 순식간에 공간을 사르며 대전 앞으로 내려선 설무백은 너무 놀라서 제대로 반응조차 하지 못하는 금의위 병사들을 무시하고 대전을 들어갔다.

"으악!"

"크악!"

설무백의 뒤에서 연이은 비명이 터졌다.

철각사 등이 도착해서 그의 명령을 수행하는 것인데, 어느새 그의 뒤에는 거무튀튀한 철가면을 쓴 철면신이 따르고 있었다.

설무백은 이미 철면신이 떨어질 것이라고는 별로 기대하지 않았기 때문에 그냥 무시하고 발길을 서둘렀다.

밖에서 본 대전은 사 층이었으나, 내부로 들어서자 그보다 더 층수가 나누어져 있는 것 같았다.

지면과 천장의 높이가 밖에서 볼 때와 달리 낮았다.

얼핏 계산해 보면 칠 층 혹은 팔 층이나 구 층으로 느껴졌는데, 지금 그 모든 층수에서 싸움이 벌어지고 있음을 설무백은 어렵지 않게 간파할 수 있었다.

북평왕부의 특공대가, 바로 동창의 위사들이 일거에 모든 층으로 진입하는 기습을 감행했다는 뜻이었다.

설무백은 눈앞에서 벌어지는 금의위와 동창의 위사들이 벌이는 싸움을 외면하며 즉시 문가의 계단을 통해서 상층부를 향해 날듯이 달려 올라갔다.

어림잡아 상층부 아래, 칠 층이나 육 층에서 벌어지는 싸움이 그의 감각을 자극했다.

분명 고수들의 싸움이었다.

'정말 황제가 여기 있는 건가?'

설무백은 애초부터 그럴 리가 없다고 생각했었다.

누구라도 그렇게 판단할 수밖에 없는 일이었다.

딱히 병법의 귀재가 아니라도, 바보가 아니고서야 전시 상황에 황제의 거처를 이렇듯 대놓고 노출시키지는 않을 것이라고 생각했기 때문이다.

특정 전각에 경계를 강화한 것 자체가 여기 황제가 있다고 노출하는 것이 아닌가 말이다.

그래서 설무백은 내심 이건 함정이라고 단정하며 굳이 서두르지 않고 지켜본 것이었다.

설마 예사롭지 않은 지낭으로 인정한 제독동창이 이따위 뻔한 함정에 빠질 일은 없다고 생각했던 것이다.

하지만 함정이라고 생각한 대전에서 느닷없이 싸움이 벌어졌다. 특공대의 대장이 제독동창인지 아니면 다른 누구인지는 몰라도, 어이없게 함정에 빠진 것이고, 그래서 어쩔 수 없이 그도 나선 것이었다.

일단 이유 여하를 막론하고 동창의 특공대가 전멸하는 것은 막으려는 심산이었다.

그런데 감지되는 분위기가 묘했다.

치열한 거야 그렇다 쳐도, 느껴지는 싸움의 구도가 무조건 서로를 죽이려는 싸움이 아니라 누군가를 지키고자 싸우는 형국으로 느껴졌다.

그 정도는 눈으로 보지 않고도 능히 느낄 수 있는 고수가 그인 것이다.

'설마!'

설무백은 말 그대로 설마, 여전히 그럴 리가 없다고 생각했다.

그런 의혹과 함께 날 듯 빠르게 계단을 타고 올라간 장소, 대전의 칠 층에 도착한 그는 일순 어안이 벙벙해졌다.

어이없게도 적잖은 고수들이 한데 뒤엉켜 난전을 벌이는 그곳의 구석에 황제가 있었다.

제국의 운명 (4)

대전의 칠 층은 어떤 용도로 사용하는 장소인지는 모르겠으나, 통으로 하나인 드넓은 공간이었다.

지금 그 공간에서 네 사람이 한데 뒤엉켜서 싸우고 있었다.

사실은 저마다 일대일의 대결을 벌이는 중인데, 워낙 빠르고 신속하게 이동하는 까닭에 한데 뒤엉킨 것으로 보이는 것이었다.

그리고 그들을 중심에 둔 양쪽에는 각기 한 사람과 두 사람이 서 있었다.

싸우는 네 사람 중에는 두 사람만 아는 얼굴이었으나, 싸움을 지켜보는 그들, 세 사람은 전부 다 설무백이 아는 사람들이었다.

싸우는 네 사람 중 그가 아는 둘은 동창제독 조위문과 동창의 장형천호이자, 소림속가제일인인 패검이룡 종리매였고, 이쪽의 한 사람은 동창의 외람첩형 곽승, 그리고 저쪽의 두 사람은 다름 아닌 황제와 자면신군이었다.

　황제는 겁에 질린 모습이었다.

　자면신군은 느닷없이 나타난 설무백을 보고는 오만상을 찌푸렸다.

　반면에 곽승은 반색했다.

　"비, 비공!"

　설무백은 그들, 두 사람의 반응만 보고도 대번에 상황을 파악할 수 있었다.

　이쪽이 밀리고 있는 것이다.

　살펴보니 그랬다.

　조위문과 종리매가 낯선 두 노인을 상대로 고전하는 중이었고, 황제를 지키며 느긋하게 싸움을 관망하는 자면신군의 눈치를 보느라 감히 싸움에 나서지도 못하고 있던 것이다.

　'그런데 이 기분은 뭐지?'

　설무백은 왠지 모르게 기분이 묘했다.

　분명 너무나도 확연하게 드러난 상황인데 이를 모르게 자신이 무언가 놓치고 있다는 기분이 들고 있었다.

　그때 자면신군이 비릿하게 웃으며 말을 건넸다.

　"역시 네놈은 북평에 붙었구나."

설무백은 잠시 빠져들었던 상념에서 벗어나며 무심하게 자면신군의 말을 받았다.

"내가 누군지 잘 안다는 소리네?"

자면신군이 비아냥거렸다.

"잘 알다마다. 같잖게 사신이라 불리는 난주의 흑도 무리 풍잔의 우두머리고, 연왕의 뒤를 닦아 주는 문절 설인보가 저 먼 동방에서 주워 기른 동이족(東夷族)의 씨앗이 아닌가."

설무백은 솔직히 놀랐다.

자면신군이 자신에 대해서 이렇게나 세세하게 알고 있을 줄은 정말 몰랐다.

하지만 그는 그 얘기를 하기 전에 낯선 두 노인을 상대로 고전하고 있는 조위문과 종리매에게 먼저 한마디 했다.

"뭘 그리 조심해요? 밖에서 들어올 자는 없으니 마음껏 싸워도 됩니다."

설무백은 조위문과 종리매가 외부에서 들이닥칠 적들을 의식해서 최대한 격돌의 여파가 밖으로 새지 않게 하려고 때로는 밖으로 튀려는 적의 공격까지 차단하며 싸우느라 고전하고 있다는 사실을 첫눈에 간파했던 것이다.

아니나 다를까, 그의 한마디에 상황이 변했다.

꽝! 꽈광-!

애써 목청을 누른 속삭임처럼 터지던 격돌음이 거세짐과 동시에 고전하던 조위문과 종리매의 기세가 오르며 두 노인과 막상막하의 격전을 벌이기 시작했다.

자면신군의 얼굴이 일그러졌다.

황제의 얼굴에 드리워졌던 두려움이 한층 더 짙어졌다.

설무백은 그들의 반응을 보는 순간, 불현듯 이 방에 들어와서 내내 왠지 모르게 석연치 않은 기분이 들었던 이유를 깨달았다.

태어나면서 받들어지며 평생을 타인의 머리 위에 군림한 사람은 쉽게 두려움을 느끼지 않는다. 아니, 두려움이라는 감정 자체에 무지하다.

손끝 하나로 모든 것을 이룰 수 있는 사람이 무엇을 두려워하겠는가.

그런데 지금 그가 마주한 황제는 실로 공포에 젖은 눈빛을 드러낸 채 바들바들 떨고 있었다.

생전 구경해 보지 못한 싸움에 놀라서 그럴 수도 있지만, 설무백은 전혀 그렇게 느껴지지 않았다.

지금 황제의 눈빛에 드리워진 공포는 그게 아니라 지금 자신들의 앞에서 싸우는 자들이 얼마나 강하고 두려운 자인지 익히 잘 아는 사람의 공포였다.

하물며 걱정을 할 이유가 없는 사람이 걱정을 하고 있었다.

바로 자면신군의 눈빛이 그랬다.

애써 감추고 있지만, 설무백은 그것을 느낄 수 있었다.

지금 자면신군의 눈빛 속에 드리워진 것은 사태를 태연히 관망하는 감정이 아니라 불안과 초조였다.

결론은 하나뿐이었다.

'황제가 아니다! 가짜다!'

설무백은 동시에 의심이 들었다.

'이미 죽인 건가?'

설무백은 누가 보면 현기증을 느낀 사람인 것처럼 고개를 저었다.

이번에는 그 생각과 동시에 지금 이 자리에 마땅히 있어야 할 천사교주가 없다는 사실이 떠올랐기 때문이다.

"생각보다 나에 대해서 많이 아는군. 그동안 꽤나 바빴겠는 걸?"

자면신군이 그의 같잖은 언행이 눈에 거슬려서 불쾌하다는 표정으로 비아냥거렸다.

"너 따위 정체가 무슨 대수라고 내가 바쁠 것까지……!"

설무백은 자면신군의 말을 듣지 않고 하려던 말을 했다.

"아는 게 죄라는 말이 있지. 그래서 죽는 거다, 너는."

자면신군의 눈빛이 새파랗게 변했다.

심중의 분노가 용암처럼 비등한 눈빛이었다.

"뭐, 뭐라고? 이런 건방진……!"

설무백은 이번에도 역시 그의 말을 무시하며 말했다.

"철면신, 저자를 죽여라!"

철면신이 대답도 없이 시위를 떠난 화살처럼 자면신군을 덮쳐 갔다.

자면신군이 말을 하던 중이라 벌어진 입으로 헛바람을 삼켰다. 철면신의 공격이 그처럼 가공했던 것이다.

그때 곽승이 다급히 나서며 설무백의 소매를 잡았다.

"폐, 폐하가 위험할 수 있습니다! 전하께서는 폐하를 살리라 하셨습니다!"

이제 보니 곽승이 선뜻 나서지 않고 있던 이유 중에는 황제의 안위를 걱정하는 마음도 있었던 것이다.

그러나 설무백은 이미 지금 눈앞에 있는 황제가 가짜라는 결론을 내린 후인지라 대수롭지 않게 그의 손을 뿌리치며 다시 명령했다.

"요미, 저 겁쟁이 황제를 이리 끌고 와라!"

설무백의 명령과 동시에 음습하게 느껴지는 한줄기 바람이 두려움에 떨고 있는 황제의 전신을 휘감아서 허공으로 들어 올렸다.

황제가 두둥실 떠서 설무백을 향해 날아오고 있었다.

모습을 드러내지 않고도 그 정도는 너끈히 가능한 것이 요미의 가공할 능력이었다.

그사이, 자면신군은 철면신과 격돌하고 있었다.

꽝-!

엄청난 폭음이 터졌다.

철면신과 쌍장을 마주한 자면신군이 휘청 뒤로 튕겨져서 벽에 부딪쳤다.

철면신은 멀쩡했다.

잠시 움찔한 것이 다였고, 이내 득달같이 자면신군을 덮쳤다.

"익!"

자면신군이 설무백을 향해 날아가는 황제를 보고 당황하는 반응을 보였다. 그러나 그쪽보다는 철면신의 공격을 방어하는 것이 먼저였다.

다급하게 내밀어진 그의 쌍장이 쇄도하며 뻗어 낸 철면신의 쌍장과 마주쳤다.

꽝-!

벽력이 친 것처럼 엄청난 폭음이 터졌다.

건물이 진동하며 벽이 흔들리고 천장에서 우수수 흙먼지가 쏟아져 내렸다.

소란스러운 그 사태가 경악과 불신에 찬 얼굴로 거칠게 튕겨지며 악다문 이 사이로 흘러낸 자면신군의 신음을 삼켜 버렸다.

이번에는 철면신도 격돌의 여파에 밀려났으나, 아무런 감정이 담기지 않은 무심한 얼굴, 무표정한 눈빛으로 상체를 휘청거리며 고작 서너 발짝이 물러난 것이 다였다.

철면신은 이내 중심을 잡으며 재차 거머리처럼 자면신군에게 달라붙었다.

"으으……!"

쩍쩍 금이 가 버린 벽까지 밀려난 자면신군이 학을 띤 표정으로 몸서리를 쳤다.

그의 두 손에서 이글거리던 검은 마기는 앞선 철면신과의 격돌 이후 눈에 띄게 흐려져 있었다.

적잖은 내상을 입은 것이었는데, 그것보다도 그리고 재차 달려드는 철면신과 무관하게 그의 두 눈이 찢어질 듯이 부릅떠졌다.

설무백 때문이었다.

설무백의 두 손에는 조위문과 종리매가 용호상박으로 싸우던 두 노인의 목이 잡혀 있었다.

자면신군과 철면신이 격돌하는 사이, 순간적인 움직임으로 그들의 전권을 파고든 그가 마치 어른이 아이의 싸움을 말리듯 가벼운 손짓만으로 그들을 떼어 놓으며 두 노인을 제압해 버린 것이었다.

두 노인이, 정확히는 십이신군의 두 사람인 술백신군과 해연신군(亥燕神軍)이 반항을 하지 않았던 것은 아니었다.

비록 눈 깜짝할 사이에 목을 허락하는 치욕을 당하긴 했지만, 그들도 순간적인 반응으로 자신의 목을 잡은 손목을 두 손으로 잡고 비틀며 발을 내질러서 설무백의 배를 걷어찼다.

객관적인 시각으로 봐도 절대 십이신군의 명예에 누가 되지 않는 신속한 대응이었다.

하지만 아무런 소용이 없었다.

황당하게도 강철을 우그러트리는 완력과 집채만 한 바위를 모래처럼 바스러트릴 수 있는 발길질이 전혀 통하지 않았다.

설무백의 손은 그것을 아무렇지도 않게 버티며 그들의 목을 더욱 조였고, 설무백의 배를 걷어찬 그들의 발은 오히려 고통으로 아우성쳤다.

"캑!"

술백신군과 해연신군은 의지와 무관하게 설무백의 손에 매달려서 바동거리게 되었다.

가공할 힘으로 목이 조여지자 더 이상은 그 어떤 반항도 할 수 없게 되어 버린 것이다.

그러나 더욱 놀라운 일은, 그래서 자면신군의 두 눈을 절로 찢어질 듯 부릅뜨게 만들어 버린 사태는 그다음 순간에 벌어졌다.

츠츠츠츠츠-!

귀로 들리는 것 같지 않는 기묘한 소음이 장내를 휘감는 가운데, 두 노인의 목을 움켜잡은 설무백의 두 손이 안개처럼 검은 기운에 휩싸였다.

그건 분명 마기였고, 그 마기가 살아 있는 생명체처럼 이글거리는 순간, 술백신군과 해연신군의 육신은 한순간에 천 년의 세월을 맞이하는 것처럼 빠르게 쪼그라들어서 거죽만 남은 목내이(木乃伊 : 미라)로 변해 버렸다.

"흡성마공!"

자면신군은 절로 부르짖었다. 그리고 그 순간에 다가온 철면신의 주먹에 가슴을 강타당했다.

너무나도 놀란 나머지 일순 쇄도하는 철면신의 공격을 망각해 버렸던 것이다.

펑-!

거대한 가죽 북이 터져 나가는 듯한 폭음과 함께 자면신군의 신형이 대전의 벽을 무너트리며 밖으로 날아갔다.

철면신의 일격은 그처럼 강력했다.

설무백은 그 모습을 보고 아차 싶었다.

벽을 뚫고 나간 자면신군이 몸을 돌리고 있었다.

와중에도 사태의 불리함을 인지하며 적중당한 철면신의 장력을 이용해서 도주하는 것이었다.

"놈을······!"

설무백은 급히 외치다가 멈추었다.

자면신군의 몸이 무너트린 벽의 주변이 연이어 부서지며 건물 전체가 와르르 무너져 내렸기 때문이다.

"빠져나가라!"

설무백은 말을 바꾸어 외치며 쏟아지는 돌과 흙더미, 기와를 헤치고 그 자리를 빠져나왔다.

절로 일어난 호신강기와 철마신의 경지로 그는 긁힌 상처 하나 없는 몸으로 무사히 밖으로 나올 수 있었다.

천외천의
주인

지면으로 내려선 그는 재빨리 자면신군의 행방을 찾아보았으나, 자면신군은 이미 그의 시야에서 사라지고 없었다.

조위문을 비롯해서 종리매와 곽승, 그리고 가짜 황제를 쓸데없는 짐짝처럼 내던진 요미가 그사이 그의 곁에 내려섰다.

설무백이 그들 모두 별다른 상처가 없어서 안심하는 사이, 대전이 완전히 무너져 내리며 자욱한 흙먼지를 뿜어냈다.

그리고 그 뒤로 무너진 건물의 잔해를 태연하게 손으로 해치며 빠져나온 철면신이 멀쩡한 모습으로 뚜벅뚜벅 설무백의 곁으로 와서 툭툭 옷을 털었다.

"누굽니까?"

"누구요?"

조위문과 종리매가 누가 먼저랄 것도 없이 동시에 휘둥그레진 눈으로 철면신을 바라보며 묻고 있었다.

조금 전에 흡정흡기신공인 흡령력을 펼치는 설무백의 모습을 보고 경악하던 감정은 더 이상 그들에게서 보이지 않았다.

설무백은 그들의 질문에 대답할 수가 없었다.

그럴 여유가 사라져 버렸다.

그때 그의 뇌리로 들어온 한줄기 전음이 있었기 때문이다.

-주군! 천불사의 석등에 불이 밝혀졌습니다!

설무백은 즉시 천불사로 달려갔다.

애써 잡은 가짜 황제는 조위문 등에게 넘겼다.

조위문 등이 가짜 황제를 어떻게 할지는 그가 상관할 바 아니었다.

내심 그들이 이번 싸움의 승리를 공표하기 위해서 가짜 황제를 진짜 황제로 강제할 수도 있다는 생각도 했지만, 그 역시 그가 참견할 일은 아니라는 생각이 들었다.

아무리 생각해도 그가 사는 세계와 그들이 사는 세계는 그 정도의 벽이 있다고 생각했기 때문이다.

다만 이번 싸움의 결과는 그에게도 중요해서 자리를 떠나면서도 못내 전황을 살폈는데, 놀랍게도 북평왕부군의 압승으로 보였다.

황궁의 상황은 말할 것도 없고, 성 밖에 주둔한 황군의 본영도 허무하게 지리멸렬, 북평왕부군에게 제대로 대항하지 못하고 무너져 가고 있다는 보고가 있었다.

이건 실로 예상 밖의 대사건이었다.

모두가 미세하나마 북평왕부군의 승리를 점치긴 했으나, 천사교의 전력을 등에 업은 황군이 이처럼 무력하게 당하리라고는 실로 누구도 예상하지 못한 것이다.

설무백은 그 마음이 더했다.

너무나도 무력하게 무너져서 무언가 다른 음모가 내제되어 있는 것은 아닌지 의심이 들 정도였다.

'천사교주가 없는 것도, 천사교가 그렇게 공들인 강시들이 보이지 않는 것도 정말 이상하다!'

설무백은 못내 아쉽고, 의심스러워서 불쾌한 마음까지 들었으나, 다른 도리가 없었다.

천사교는 중원에 있는 모든 지부를 개방한 마당에도 정작 총단의 위치는 드러내지 않았다.

지금으로서는 그가 할 수 있는 것이 없었다.

'놈을 잡으려면 천사교의 총단부터 찾아내야 한다!'

가뜩이나 전날 우연찮은 인연으로 혈뇌사야를 만났을 때 천사교의 총단 위치를 묻지 않은 것을 땅을 치며 후회한 그였다.

당시 아무리 갑작스러운 일이라 놀라고 당황했다손 치더라도, 조금만 정신을 차렸으면 얼마든지 천사교의 총단 위치를 알아낼 수 있었을 것이다.

이제 천사교와 같은 하늘을 이고 살 수 없다고 이를 갈던 혈뇌사야가 천사교의 총단 위치를 알려 주지 않을 이유가 없지 않은가.

그러나 후회는 아무리 빨라도 늦었다.

설무백은 늘 그랬듯이 지난 일은 털어 버리고 발길을 재촉했다.

그렇듯 그가 마음을 다잡고 도착한 천불사의 경내는 실로 쥐 죽은 듯 고요했다.

경내 여기저기에 등이 밝혀져 있긴 했으나, 개미 새끼 한 마리도 보이지 않았다.

이해할 수 있었다.

황궁에서 동편으로 오 리가량 떨어진 동산의 기슭에 자리한 천불사는 대대로 황족들만 드나드는 사찰이었다.

작금과 같은 시기에, 그리고 이 오밤중에 사람의 모습이 보이면 그게 오히려 이상한 일일 터였다.

설무백은 그래서 다 무시하고 곧장 사찰을 가로질러서 후미로 돌아갔다.

거기에는 사찰의 역대 고승들의 사리를 모신 사리탑이 있는데, 그 언저리에 작은 석등 하나가 있었다.

불을 밝히면 천불사가 망한다는 괴담의 주역인 바로 그 석등이었다.

과연 사시사철 밤이나 낮이나 불을 밝힌 적이 없다는 그 석등에 불이 밝혀져 있었다.

천불사의 석등에 불을 밝히는 사람이 있거든 와서 구해 주거라. 그 신패를 그에게 보여 주면 능히 의심하지 않고 너를 따를 것이니.

설무백은 지난날 황제와의 약속을 상기하며 석등 앞에 서서 나직이 말했다.

"나오시오."

석등 뒤쪽은 수풀이 우거진 비탈길이었다.

그 수풀 속에서 일단의 무리가 조심스럽게 밖으로 나왔다.

잿빛 가사를 걸친 한 명의 젊은 중과 세 명의 비구승이었다.

설무백은 젊은 중의 정체를 첫눈에 알아보았다.

천하제일
주인

파르라니 머리를 깎은 그 젊은 중은 지난날 그가 만났던 황제의 손자이자, 작금의 황제인 주윤문이었다.

주윤문은 그저 물끄러미 바라볼 뿐 말이 없었다.

그건 공포에 젖어서도 아니고, 마주한 설무백과 그를 따라온 철면신, 공야무륵 등을 경계해서도 아닌 것 같았다.

그저 상심한 사람처럼 보였다.

그늘진 눈은 쓸쓸해 보였고, 축 늘어진 어깨는 바위를 짊어진 듯 고통스럽게 느껴졌다.

무엇보다도 그 쓸쓸함과 고통스러움을 감당할 힘과 의지가 사라진 무력감에 잠긴 모습이었다.

설무백은 거두절미하고 물었다.

"어디로 데려다 드릴까요?"

주윤문이 반문했다.

"귀공은 천군인 것인가?"

설무백은 고개를 저었다.

"아닙니다."

주윤문이 심상한 표정을 지으며 물었다.

"짐은 천군이 아닌 귀공을 믿어도 되는 것인가?"

설무백은 대답을 미루고 잠시 생각에 잠겼다.

쉽게 대답할 일이 아니었다.

지금 주윤문은 모든 것을 포기한 상태였다.

자신의 목숨도 예외가 아닐 수 있었다.

아니, 아닌 것으로 보였다.

작금의 상황에서 여차하면 목숨도 저버릴 사람에게 자신을 믿게 하는 것은 결코 간단하지 않았다.

어쩌면 지금의 질문도 그저 세상을 저버린 사람의 무의미한 탄식이거나 혹은 가볍게 던진 비웃음, 마지막 유희일 수도 있었다.

자신의 의지와 무관하게 타인의 힘에 의해 천하를 호령하던 만인지상의 자리에서 내려온 사람의 마음을 그가 어찌 알 수 있을 것인가.

짐작도 어려웠다.

다만 설무백은 어떻게든 주윤문을 이대로 죽게 할 수 없었다. 진심을 드러낸 전 황제와의 약속이었고, 그는 그 약속을 지키고 싶었다.

그리고 희망이 아주 없는 것도 아니었다.

지금 주윤문은 파르라니 머리까지 밀고 이곳으로 왔다.

그게 그 자신의 결정이든 주변의 강요든 적어도 그 정도는 삶에 대한 애착을 가지고 있다는 뜻이었다.

설무백은 마음을 정하고 진심을 드러냈다.

"천군이 이번 싸움에 나서지 않았음은 폐하도 이미 아실 겁니다. 천군은 폐하를 버렸습니다."

주윤문이 자조 어린 미소를 흘렸다.

"실로 슬픈 얘기군. 내가 그리도 못난 황제였던가?"

"그에 대한 해답은 제가 드릴 수 없습니다. 당사자인 폐하가 더 잘 알고 계실 테지요."

설무백은 무심하게 말을 자르고 하고자 하는 얘기를 계속했다.

"해서, 폐하는 제가 천군이 아니기에 저를 믿으셔야 합니다. 천군은 폐하를 버렸지만, 저는 폐하를 버리지 않습니다. 약속을 지키고 싶기 때문입니다."

주윤문이 처음으로 웃었다. 비웃음이었다.

"천 년의 약속도 어기는 판에 오늘 처음 만난 귀공의 약속을 믿으라는 건가?"

천군을 두고 하는 말이었다.

심드렁해 보이는 탄식이었지만, 사실은 천군의 배신에 대한 아픔이 실로 컸던 모양이다.

설무백은 짐짓 단호하게 대답했다.

"그들은 약속을 어긴 것이 아닙니다. 누가 그러더군요. 그들은 민심을 따르며, 그들의 숙명은 황제를 지키는 것이 아니라 황실을 지키는 것이라고 말입니다."

주윤문이 한 방 맞은 표정이 되었다.

그는 이내 긴 한숨을 내쉬며 탄식했다.

"과연 내가 못난 사람이었나보군."

설무백은 나름 주윤문을 위로하고 싶었으나, 그럴 수가 없었다.

서둘러야 했다.

심상치 않은 기운이 천불사를 향해 다가오고 있음이 느껴지고 있었다.

"결정하시지요. 어느 곳이든 원하시는 곳으로 모셔다 드리겠습니다."

다행히도 주윤문이 마음을 정했다.

"우선 남쪽으로 가세. 한적한 곳에서 생각을 좀 정리하고 싶네."

마치 죽음을 암시하는 말처럼 들렸다.

하지만 설무백은 더 이상 지체할 수 없었다.

"가시지요."

설무백은 서둘렀다.

주윤문이 순순히 그를 따랐다.

그때 주윤문과 동행한 세 명의 비구 중 두 명이 그들을 따라오지 않고 서서 작별을 고했다.

"그럼 평안하십시오, 폐하."

앞서가던 설무백이 어리둥절해서 돌아보는 참인데, 주윤문이 화들짝 놀라며 외쳤다.

"무슨 짓이냐!"

설무백은 그제야 보았다.

두 명의 비구가, 사실은 시비일 텐데, 그 자리에 서서 저마다 손에 비수를 든 채 한손으로 자신들의 목에 부여잡고 있었다.

천외천외
주인

목을 부여잡은 그녀들의 손가락 사이로 핏물이 흘러나오고 있었다.

말리고 자시고 할 사이도 없이 벌써 비수로 목을 그은 것이다.

"저, 저희들은 폐하와 같이 갈 수 없습니다. 부족한 저희들로서는 그저 짐이 될 뿐이니까요. 어, 어려서부터 폐, 폐하를 곁에서 모실 수 있어서…… 해, 행복했습니다."

비구로 변장한 그녀들은 그렇게 자신들이 하고 싶은 말을 끝맺기 무섭게 목을 부여잡고 있던 손을 놓았다.

피 화살이 뿜어졌다.

그녀들은 그와 동시에 그대로 스르르 주저앉으며 앞으로 고꾸라졌다.

주윤문이 부르르 몸을 떨었다.

그러고는 이내 자신의 가사를 벗어서 그녀들의 주검에 덮어주고 남은 한 명의 여인의 손을 움켜잡으며 설무백을 향해 말했다.

"부탁하네. 어디라도 좋으니 변방오지에 있는 절로 데려다주게. 이 못난 짐을 위해 죽어 간 사람들에게 평생 속죄하며 살고 싶네."

설무백은 이제야 남은 한 명의 비구가 누구인지 알아보았다.

바로 황비였다.

그리고 그는 또 알 수 있었다.

주윤문이 삶에 대한 애착이 깊어졌다.

적어도 이제는 그가 자결할 걱정은 하지 않아도 되었다.

"알겠습니다. 그리 해 드리지요."

설무백은 한결 마음을 놓으며 발길을 재촉했다.

천불사로 접근하는 기운은 그가 나아가는 전면이었고, 이미 적잖게 근접해 있었다.

그러나 돌아서 갈 수는 없었다.

뒤는 아직 싸움이 끝나지 않은 황궁 쪽이고, 좌우측 역시 여전히 병장기가 부딪치는 소음 속에 비명이 들려오는 전장이었다.

상대가 어떤 무리인지는 몰라도 이대로 뚫고 나가야 했다.

공야무륵이 눈치 빠르게 앞으로 나섰다.

내내 심드렁한 모습으로 침묵하고 있던 철각사와 태양신마가 그런 공야무륵의 곁으로 붙었고, 암중의 요미와 백영, 흑영이 뒤를 받치고 있었다.

그들도 이미 접근하는 기운의 정체가 예사롭지 않음을 익히 인지하고 있는 것이다.

그리고 과연 그랬다.

천불사의 영내를 가로지르고 산문을 벗어나는 순간이었다.

우거진 숲으로 가려진 어두운 길목에서 나타난 일단의 무리가 그들의 앞을 가로막았다.

대략 오십여 명의 무리였다.

남녀노소를 포함한 그들은 범상치 않은 기도의 소유자들이었고, 또한 하나같이 예리한 적의를 품고 있었다.

공야무륵이 쌍도끼를 뽑아 들었다.

철각사와 태양신마도 기세를 드높이고 있었다.

검영이 슬쩍 뒤로 물러나는 것은 거기 있는 황제를 보호하기 위함일 것이다.

설무백은 재빨리 그런 그들을 헤치고 앞으로 나섰다.

상대 무리의 정체를 알아본 까닭이었다.

다들 낯선 사람들이었으나, 한 사람이 낯익은 얼굴이었다.

대외적으로는 가가원의 예기지만, 실제는 천군의 일원인 하화가 그들의 선두에 나서 있었다.

상대 무리는 바로 천군인 것이다.

"놀랍군. 이거 아무리 봐도 황제 폐하를 지키려고 나선 모습들이 아닌데 그래?"

하화가 대번에 그를 알아보고 앞으로 나서며 놀라워했다.

"저야말로 놀랍군요. 설 공자는 북평왕부를 위해서 일하는 사람으로 알고 있었는데 말이죠."

설무백은 무심하게 대답했다.

"나는 다른 누구를 위해서 일하는 사람이 아니야. 나는 나를 위해서만 일하지. 한데, 그러는 천군은 이제 북평왕부에 붙은 건가?"

하화가 고개를 저으며 말을 받았다.

"우리 역시 다른 누구를 위해서 일하는 사람들이 아니에요. 오직 천심을 받들죠."

설무백은 냉정하게 물었다.

"천심이 황제를 죽이라던가?"

하화가 선뜻 대답하지 못하고 곤혹스러운 표정을 지었다.

설무백은 피식 웃었다.

"그나저나, 전 황제께서 천군을 너무 믿으셨군. 여긴 실로 마지막 보루라고 생각하셨을 텐데 말이야. 아니, 이제 보니 나보다는 천군을 더 믿어서 알려 주셨을 수도 있겠군."

하화가 애써 곤혹스러운 표정을 거두며 대답했다.

"하늘에 두 개의 태양이 떠 있을 수는 없습니다. 백성들의 혼란만 가중될 뿐이에요."

"그래서 죽이겠다?"

"백성들의 평화와 안녕을 위해서는 어쩔 수 없는 선택입니다."

"당신들의 평화와 안녕을 위해서가 아니고?"

설무백의 비아냥거림에 하화의 안색이 싸늘하게 식었다.

주변의 천군들도 그녀와 같은 기색이었다.

마치 절대 변할 수 없는 신념을 드러내는 것 같은 모습들이었다.

설무백은 끌끌 혀를 찼다.

"전 황제께서 지하에서 크게 실망하시겠군."

천외천의
주인

하화가 냉정하게 대꾸했다.

"살아계신 연왕 전하께서야말로 이 사실을 아시면 크게 실망하시겠네요. 아직까지도 설 공자를 든든한 우군으로 생각하고 계실 텐데 말이에요."

설무백은 무심하게 고개를 저었다.

"괜찮아. 전하께서는 모르실 테니까."

"......!"

하화의 얼굴이 묘하게 일그러졌다.

설무백의 말을 제대로 이해하지 못한 것 같았다.

설무백은 바로 이해하도록 도움을 주었다.

"죽은 자는 말이 없는 법이거든."

지금 이 자리에 있는 천군을 모조리 죽여 버리겠다는 말이었다.

설무백은 실제로 내심 그런 각오를 다지고 있었다.

아둔한 명분과 비틀린 신념을 가지고 행동하는 자들이었다.

살려 둘 가치가 없는 것은 아니나, 끝내 물러서지 않는다면 죽여 버릴 수밖에 없었다.

하화가 이제야말로 설무백의 생각을 인지한 듯 다급한 어조로 말했다.

"우리도 어쩔 수 없는 선택이에요! 모르시겠어요? 저분이 생존해 계시면 나라가 혼란스러워질 뿐이에요!"

설무백은 코웃음을 쳤다.

"우습지도 않네. 여태까지는 뭐 하고 있다가 이제 와서? 그동안은 나라가 평안하고 백성들이 안녕했나?"

하화가 말문이 막힌 듯 입을 닫으며 안색을 붉혔다.

설무백은 그 모습을 바라보며 한 번 더 비웃어 주고는 결론을 내리듯 말했다.

"이 자리의 일이 밖으로 나가지 않는 방법은 두 가지가 있어. 하나는 내가 당신들을 다 죽이는 것이고, 다른 하나는 당신들이 침묵하는 거야. 나로서는 이게 최선의 배려다."

그는 턱을 들고 무지막지한 존재감을 발하며 재우쳐 다그쳤다.

"자, 어서 결정해!"

설무백의 최후통첩을 들은 하화는 망설였다.

그녀는 실로 선뜻 결정할 수 없었다.

설무백에 대해서 누구보다도 잘 아는 사람이 그녀였기 때문이다.

지난날 황제와의 자리를 마련하기 위해서 그녀가 조사한 바에 따르면 설무백은 사람이 아니었다.

괴물이었다.

지금 그녀만이 아니라 그녀 주변의 천군들이 이전의 모습과 다르게 선뜻 나서지 않는 이유도 바로 거기에 있을 터였다.

그저 바라만 보고 있을 뿐인데도 지금 설무백에게서 느껴지는 기상과 위엄은 실로 가없는 것이라 그 누구도 함부로 움직일 수 없었다.

하물며 문제는 그것만이 아니었다.

설무백은 연왕의 최측근 중 한 사람인 문절 설인보 장군이
었다.

설령 이 자리에서 설무백을 죽일 수 있다고 하더라도 그로
인한 후환은 실로 그녀가, 아니, 천군이 감당하기 어려운 일이
었다.

황실의 안녕과 백성들의 평화를 도모하려고 거국적인 결단
을 내려서 북평왕부를 선택했는데, 여차하면 천군의 미래가
사라질 수도 있는 것이다.

결국 하화는 어쩔 수 없이 한 발짝 뒤로 물러나서 사정했다.

"설 공자, 이는 설 공자만의 일이 아닙니다. 설 공자의 부친
이신 설 장군께서도 심히 타격을 입으실 수 있는 일입니다. 부
디 자중하시길 바랍니다."

설무백은 그녀의 말을 무시했다.

"아버님은 내가 잘 알아. 설령 이번 일로 피해가 간다고 해
도 아버님은 오히려 나를 칭찬하실 분이야."

그리고 안색을 바꾸며 냉혹한 말을 덧붙였다.

"하지만 나는 아버님과 다르지. 만에 하나 이번 일로 아버님
에게 손톱만큼의 소해라도 간다면 나는 기필코 천군이라는 존
재를 이 땅에서 소멸시킬 거야. 나는 그런 사람이니까."

실로 무서운 말이었다.

또한 왠지 설무백이라면 정말 그럴 수 있을 것 같다는 두려움이 들어서 하화는 절로 가슴 한구석이 서늘해졌다.

그때 참지 못하고 나서는 천군의 일원이 하나 있었다.

"건방진 놈! 실로 하늘 높은 줄 모르고 설치는구나! 우리가 지금 참고 있는 것은 네놈이 아니라 네놈의 아비 때문임을 진정 모른단 말이더냐!"

"정말 한심하네."

설무백은 비웃듯이 말했다.

그와 동시에 들린 그의 손이, 정확히는 검지가 발끈하고 나선 중년사내를 가리켰다.

그러자 그의 검지와 중년사내의 이마가 희뿌연 선으로 연결되었다.

그의 내공인 천기혼원공에 기반한 지공, 무극지였다.

퍽-!

뒤늦게 짤막한 파열음이 터졌다.

동시에 한 발짝 앞으로 나섰던 중년사내가 뒤통수로 튀어나간 한줄기 피 화살과 함께 썩은 통나무처럼 뒤로 넘어가서 부르르 떨다가 그쳤다.

그야말로 즉사였다.

부르르 떤 것은 이미 죽은 육체의 무의미한 반응을 뿐이었다.

장내가 고요 속에 잠겼다.

아무도 입을 열지 않고, 움직이지 않아서 마치 시간이 정지한 것 같은 모습이었다.

　동료가 눈앞에서 죽었으나, 아무도 나서지 않고 침묵을 지킨 것은 그들 중 누구도 방금 전 설무백이 펼친 수법을 막아 낼 자신이 없기 때문일 것이다.

　설무백은 그런 그들을 냉담한 눈빛으로 주시하며 짧게 물었다.

　"또 누구?"

　그 물음에 나서는 사람은 없었다.

　이제 와서는 하화도 얼어붙은 것처럼 꼼짝도 하지 못하고 있었다.

　그저 경악과 불신에 찬 눈빛으로 설무백을 바라보는 것이 그녀가 할 수 있는 전부였다.

　정말 이 정도일 줄은 몰랐다.

　말로만 듣고 측량한 능력과 실제 두 눈으로 확인한 능력은 설령 그것이 같은 수준의 것일지라도 실로 엄청난 체감의 차이가 났다.

　설무백은 그런 그녀의 상태를 외면하며 다시 말했다.

　"다들 쉽게 결정하기 어려운 모양인데, 그럼 이렇게 하지. 나와 내 동료들은 이분들을 모시고 지금 당신들이 서 있는 그 길을 통해서 이 자리를 떠날 거야. 그러니 막을 사람은 막고, 막지 않을 사람은 옆으로 자리를 비켜 줘. 그리고!"

그는 힘주어 말을 끝맺었다.

"내가 지나간 다음에도 생존한 자들은 다들 입을 봉해. 자리를 내준 것을 그렇게 하겠다고 약속한 것으로 믿겠어."

역시나 대답은 없었다.

다들 입을 다물고 침묵한 채 곤혹스러운 표정만 짓고 있었다.

설무백은 더는 다른 말없이 바로 발길을 내딛었다.

"가죠."

철면신이 바로 뒤를 따르고 그 뒤에 철각사와 태양신마, 공야무륵이 붙고, 검영은 한층 더 황제와 황비의 곁에 붙어 따라왔다.

암중의 요미와 흑영, 백영은 전체를 관찰할 수 있는 거리로 떨어져 있었다.

설무백의 명령이 없어도 자리를 비켜 주지 않는 자를 암살할 생각인 것이다.

그러나 다행히도 그런 불상사는 벌어지지 않았다.

설무백 등이 다가가자 앞을 막고 서 있던 천군들이 하나둘씩 옆으로 비켜서 길을 터 주었다.

막을 능력이 없다고 생각한 건지, 아니면 다른 무슨 생각을 한 건지는 몰라도, 다들 막기를 포기한 것이다.

설무백 등이 그렇게 천군들 사이를 무탈하게 벗어나자, 하화가 뒤에서 소리쳤다.

"제 말은 사실이에요! 천군은 천심을 따라서 움직일 뿐, 사리사욕을 위해서 움직이지 않아요!"

하화는 무척이나 억울한지 가슴의 기복이 눈에 보일 정도로 씨근대고 있었다.

"그렇다고 해 두지."

설무백은 슬쩍 손을 들어 보이며 대꾸하고는 총총히 그 자리를 벗어났다.

천불사의 주변을 벗어났어도 주변은 여전히 전장이었다.

아직도 사방에서 죽고 죽이는 싸움의 소음이 들려왔다.

그러나 설무백 등은 그런 전장의 여파가 닿지 않는 사각지대만을 정확히 골라서 이동했다.

설무백만이 아니라 그의 일행 모두가 그 정도는 어렵지 않게 해낼 수 있는 고수들이었다.

그들은 그렇게 무사히 전장을 벗어났고, 이내 남경, 경사 응천부를 등지고 강소성의 경계를 넘어서 안휘성으로 들어섰다.

서두른 발길로 하루가 걸린 여정이었다.

설무백은 그곳, 안휘성의 동부 끝자락에 자리한 구릉지대의 인적 드문 기슭에서 황제에게 작별을 고했다.

"저는 여기서 물러갈까 합니다, 폐하. 여기서부터는 다른 사람이 폐하를 폐하가 원하시는 곳까지 모실 겁니다."

주윤문이 퉁명스러운 눈빛으로 설무백을 바라보았다.

"이건 약속이 틀리지 않나?"

설무백은 정중하게 대답했다.

"제 사람이 모실 겁니다. 제 사람은 저와 같습니다."

"그런가?"

주윤문이 수긍을 하면서도 못내 아쉬운 표정이었다.

"변방으로 가신다 하셨지요? 저보다 세외나 관외의 지리에 밝은 사람입니다."

"그 사람이 누군가?"

설무백은 대답을 뒤로 미루고 가만히 돌아서서 태양신마에게 시선을 주었다.

태양신마가 턱을 당기며 손가락으로 자신의 얼굴을 가리켰다.

"나?"

설무백은 당연한 거 아니냐는 듯 말했다.

"저보다 관외나 세외의 지리를 더 잘 아는 사람이 노야밖에 더 있습니까?"

태양신마가 심사가 뒤틀린 시어미처럼 볼멘소리를 했다.

"노부가 다른 사람의 길잡이나 한다면 무림의 동도들이 다 비웃을 게야."

"보통 사람이 아니라 황제십니다."

"지금은 아니잖아."

주윤문이 불쾌한 표정으로 그들의 대화에 끼어들어서 한마디 했다.

"천덕꾸러기가 되어 버린 기분이군."

설무백은 슬쩍 주윤문을 돌아보며 부정하지 않았다.

"천덕꾸러기도 보통 천덕꾸러기가 아니지요. 세상에 다시없을 천덕꾸러기가 아닙니까."

주윤문이 잠시 물끄러미 설무백을 바라보다가 피식 웃으며 말했다.

"조금 일찍 만났으면 좋았을 것을 그랬군. 왜 짐의 곁에는 귀공 같은 사람이 없었던 걸까?"

설무백은 뼈를 때리는 말로 응수했다.

"없었던 것이 아니라 찾으시지 않은 걸 겁니다."

주윤문이 쓰게 웃었다.

"아프군."

설무백은 새삼 주윤문의 서글픔이 느껴져 기분이 묘해졌다.

한편으로 그도 내심 조금 일찍 이 사람을 만났으면 어땠을까 하는 생각이 들었다.

어쩌면 작금의 상황이 크게 변했을지도 모른다.

그는 애써 상념을 털어 내며 말문을 돌렸다.

"제가 여기서 폐하와 헤어지려는 것은 아직 경사에서 처리할 일이 남았기 때문입니다. 모르긴 해도, 제가 돌아가지 않으면 실로 많은 사람이 죽을 겁니다."

주윤문이 무슨 말인지 알았다는 듯 가만히 고개를 끄덕이며 말했다.

"귀공이 문절 설 장군의 아들이라지? 북평의 숙부와도 인연이 있는 것 같고."

그는 한숨을 내쉬며 말을 이었다.

"그분들에 대해서는 짐도 잘 알지. 대대적인 숙청이 벌어질 게야. 숙부는 광대하면서도 냉혹한 심장을 가진 사람이고, 설 장군은 적을 용서치 않으며 상명하복을 목숨만큼이나 귀하게 여기는 사람이라 나중에 자리를 내던질지언정 당장에는 상전의 명령을 거역하지 않을 사람이니까. 그걸 막고 싶은 건가?"

설무백은 머리를 한 대 맞은 것 같은 기분이 들었다.

이제 보니 주윤문은 그가 생각하는 것 이상으로 명석한 사람이었다.

이런 사람이 어찌 천사교의 꼭두각시 노릇을 하다가 이 모양이 이 꼴로 쫓겨나는 신세가 된 것일까?

천사교주가 이 사람보다 더 명석했기 때문일까?

이유야 어쨌든, 설무백은 절로 아쉬운 감정이 드는 것을 막을 수가 없었다.

세상은 천태만상이라 시대를 잘못 타고난 제왕도 있는 법이라더니, 이 사람이 딱 그런 느낌이었다.

설무백은 애써 그런 감정을 누르며 주윤문의 말을 수긍했다.

"그렇습니다. 막을 수 있을지는 모르겠지만, 해 볼 때까지는 해 볼 생각입니다."

주윤문이 새삼 쓰게 웃으며 고개를 끄덕였다.

"짐이 져야 할 짐을 귀공이 지는 것이군. 어려운 일일 게야. 하지만 말만 들어도 진심으로 고맙군. 고맙네."

설무백은 뭐라고 할 말이 없었다.

주윤문에게 이런 얘기를 들을 줄은 정말 몰랐다.

주윤문이 그런 그를 향해 희미한 미소를 보이고는 이내 돌아서며 태양신마를 향해 말했다.

"가십시다."

"쳇!"

태양신마가 미간을 찌푸릴망정 더는 거부하지 않고 나서며 돌아섰다.

"그럽시다, 그럼!"

비구로 변장한 황비가 설무백을 향해 거듭 고개를 숙여 보이며 그들의 뒤를 따라갔다.

설무백은 멀어지는 그들의 모습을 보며 말했다.

"흑영, 백영. 따라가거라. 태양 노야는 투박한 사람이니, 너희들이 세심하게 보살펴 주어야 한다."

"옙!"

암중의 흑영과 백영이 두말없이 대답하고는 소리 없이 그들의 뒤를 따라갔다.

설무백은 그제야 돌아섰다.

왠지 모르게 가슴이 먹먹해졌지만, 애써 누르고 지워 버렸다.

매번 어떤 일을 겪을 때마다 그 상황에 혹은 당사자에게 이입해서 감정을 소모하는 것은 마땅히 지양해야 할 일이었다.

효율을 따지기에 앞서 객관적인 시각을 잃어버릴 수도 있기 때문이다.

"응천부로 돌아간다!"

설무백은 발길을 재촉했다.

주윤문의 짐작은 한 치도 어긋남이 없어서 자칫 늦었으면 실로 엄청난 목숨이 끊어지는 사태가 벌어질 수도 있었다.

주윤문과 함께였을 때는 하루가 걸린 길을 불과 두 시진도 안 돼서 주파해 버린 이유는 전적으로 그와 같은 설무백의 걱정 때문이었다.

그리고 설무백이 응천부에 도착했을 때, 다행스럽게도 우려하던 일은 아직 벌어지지 않았다.

예상대로 북평왕부군이 승리를 쟁취하긴 했으나, 그다음에 벌어지는 공과(功過)는 아직 따지기 전이었던 것이다.

설무백은 한시름 놓으며 곧바로 아버지 설인보 장군을 만나러 갔다.

전쟁의 승패와 무관하게 냉정을 잃지 않을 사람은 그가 아는 바로 아버지 설인보밖에 없었기 때문이다.

제국의 운명 (5)

북평왕부의 총사령관으로 나서서 이번 전쟁을 승리로 이끈 설인보는 황궁을 이미 점령했음에도 불구하고 벌판에 주둔한 병영의 군막에서 머물고 있었다.

불과 이틀 전만해도 황군의 본영이 차려졌던 바로 그 벌판에 세워진 병영의 군막이었다.

설무백은 외곽의 경계를 통하지 않고 곧장 병영의 내부로 들어가서 그곳으로 갔다.

어느 군막이 아버지 설인보 장군의 거처인지 찾는 것은 그다지 어렵지 않았다.

대범한 건지 그냥 순진한 건지, 아버지 설인보 장군은 항상 자신의 군막에 상장군의 깃발을 꽂아 두었기 때문이다.

"저 왔습니다."

"어, 왔나?"

설무백이 바람소리조차 없이 자신의 거처인 군막으로 스며들어와서 모습을 드러냈음에도 불구하고 설인보는 놀라는 기색 하나 없이 인사를 받았다.

다만 군막에 같이 있던 왕인과 구복 등 수하 군관들만이 화들짝 놀랐고, 이내 수선스러워졌다.

"오셨습니까, 소주!"

왕인과 구복이 인사하는 것을 보고 나서야 얼떨결에 칼을 뽑아 든 다른 군관들이 서둘러 칼을 갈무리하며 앞다퉈 인사를 건넸다.

"처음 뵙겠습니다, 설 공자!"

"얘기 많이 들었습니다, 설 공자! 아니, 저도 소주라고 부르겠습니다, 소주!"

"반갑습니다, 설 공자! 이번에 도움 주셨다는 얘기를 들었습니다!"

설인보가 슬쩍 탁자를 두드려서 왁자해진 소란을 잠재우고 설무백을 보며 물었다.

"조용히 할 얘기가 있어서 찾아온 거겠지?"

설무백은 낯선 주변의 환대에 어정쩡한 태도를 취하고 있던 참이라 기꺼이 대답했다.

"예, 그렇습니다."

설인보가 재차 탁자를 치며 수하 군관들을 내쳤다.

"들었지? 다들 나가 있어."

군관들이 우르르 밖으로 나갔다.

설인보가 마지막으로 나서는 왕인을 불러서 말했다.

"가서 위 장군 좀 이리로 오라고 그래."

"알겠습니다."

왕인이 즉시 대답하며 밖으로 사라졌다.

설무백은 고개를 갸웃했다.

"위 장군님은 왜요?"

설인보가 군관들이 앉아 있던 자리를 턱짓으로 가리켜서 앉으라는 시늉을 하며 말했다.

"보아하니 위 장군도 들어야 할 얘기 같아서."

설무백은 자리에 앉으며 물었다.

"그걸 어떻게 아세요?"

설인보가 대수롭지 않게 대답했다.

"급한 일일 테지. 네 성격에 그러니까 이렇게 애들이 우르르 몰려 있는 것을 알면서도 들어왔을 거 아니냐. 지금 상황에서 그 정도로 급한 일은 몇 가지 안 되고, 그 안 되는 것들의 대부분은 위 장군도 들어야 하는 사안일 게 뻔하다."

"실은……!"

"위 장군이 오면 얘기해."

설무백은 어쩔 수 없이 입을 닫았다.

설인보가 앞에 놓고 보던 장부를 뒤적거리며 무언가를 유심히 확인하며 물었다.

"네 어미는 언제 봤냐?"

설무백은 무색해져서 대답했다.

"한참 됐습니다."

그리고 바로 사과했다.

"죄송합니다."

설인보가 시선을 장부에 둔 채로 끌끌 혀를 차며 말했다.

"자주 찾아봬라. 나와 달리 서운해도 서운함을 내색하지 않는 사람이다, 그 사람."

"예."

설무백은 멋쩍게 웃으며 대답하고는 재우쳐 물었다.

"근데, 아버지도 그런 거 별로 내색하지 않잖아요?"

설인보가 살피던 장부에서 시선을 떼고 설무백을 바라보며 눈을 부라렸다.

"다 큰 사내끼리 만나서 뭐 하냐, 재미없게?"

그리고 다시 장부로 시선을 돌렸다.

설무백은 어색한 실소를 흘렸다.

아버지 설인보에게 이렇듯 해학적인 부분이 있었나 싶어서 우습기보다는 놀라웠다.

서둘러 내색을 감춘 그는 애써 말문을 돌렸다.

실제로 물어볼까 말까 망설이던 의문이 있기도 했다.

"개인적으로 궁금한 것이 있습니다."

설인보가 역시나 장부에 시선을 고정한 채로 대답했다.

"뭔데?"

설무백은 거두절미하고 품고 있던 의문을 꺼냈다.

"그 많은 병력을 어떻게 사람들의 이목을 피해서 도착시키신 겁니까?"

설인보가 대수롭지 않게 대꾸했다.

"평복을 시켰다."

"그것만으로요? 요소요소에 정찰과 순찰이 적지 않았을 텐데, 그게 가능합니까?"

"다는 아니고, 선봉대만 그렇게 한 거다."

"본대는요?"

"당연히 바다로 왔지. 멀리 돌긴 했지만, 예상대로 해안가 경비는 허술하더구나."

"아……!"

설무백은 이제야 의문이 풀리며 내심 감탄했다.

실로 의표를 찌르는 공격이었다. 그리고 북평왕부군이 그렇게 빨리 응천부에 도착한 이유도 이제 납득할 수 있었다.

거칠 것이 없는 바닷길로 왔으니 빠를 수밖에 없었던 것이다.

'그런데 그게 당연한 건가?'

설무백이 거듭 속으로 감탄하는 참인데, 그가 더욱 예상치 못한 얘기가 설인보의 입에서 나왔다.

"하지만 성내와 황군에 불을 지른 건 우리가 아니었다."

설무백은 어리둥절했다.

"그럼 누가……?"

설인보가 태연하게 대답했다.

"사전에 황군 중에서 쓸 만한 애들을 섭외해 놨지. 그들이 나선 거다. 내가 사전에 정해 준 시간에 맞춰서 말이다. 아, 물론 여기에는 반간계(反間計)가 필수지. 저들에게 심어 놓은 간자들이 선동해서 북평부의 준동을 실제보다 늦게 이루어진 것으로 전파했다. 저들은 이제 막 준동한 것으로 알았을 테지만, 우리는 그때 벌써 이쪽 해안가에 거의 다 도착해 있었지."

설무백은 다시 감탄했다.

새삼 아버지 설인보가 왜 문절이라고 불리는지 이해할 수 있었다. 그리고 한편으로 새로운 의문이 들었다.

"생각이 바뀌셨나요? 원래 적아를 구분하지 않고 변절자는 싫어하셨잖아요?"

설인보가 대수롭지 않게 대꾸했다.

"바뀌지 않았다. 지금도 변절자는 싫다."

설무백은 느낌이 와서 물었다.

"그럼 그들은……?"

설인보가 들쳐 보던 장부의 손길을 멈추고 잠시 그대로 있다가 이내 다시 장부를 뒤적거리며 대답했다.

"그들에게 내일은 없을 거다."

이번 작전에 나섰던 적의 변절자들은 오늘 중으로 전부 다 제거된다는 뜻이었다.

실로 냉혹한 결단이었다.

설무백은 아버지 설인보의 성격을 떠올리며 왠지 이해는 가면서도 못내 부당하다는 모순에 빠져서 말했다.

"그러면 앞으로는 아버님에게 협조하는 자들이 없을 겁니다."

"어설픈 협조는 필요 없다! 없는 게 나아!"

설인보가 냉소를 날리며 단호하게 잘라 말했다.

"이번 일만 해도 그래. 자신들의 공을 높이려고 내가 정해준 성내의 요소요소가 아니라 마구잡이로 불을 지르는 바람에 수많은 인명 피해를 냈다. 죄 없는 그 생명들을 누가 보상할 것이냐. 그러고도 지금 어딘가에 모여서 자기 공이 컸다고 자랑하며 술을 퍼마시고 있을 게다. 죽어도 싼 놈들이다."

억지로 참고 누른 분노가 터져 나오는 것 같았다.

고개를 숙이고 있어서 보이지는 않았지만 아마도 눈빛은 붉게 달아올라 있을 터였다.

설무백은 더 이상 그 일에 대해서 다른 말을 할 수 없었다.

설인보가 그런 그의 심정을 아는지 모르는지 애써 감정을 억누르는 목소리로 다시 말했다.

"그리고 네가 아직도 세상을 잘 모르는 모양인데, 제법 쓸

만한 변절자들은 세상에 얼마든지 있다. 필요에 따라 생각을 바꾸는 사람은 세상에 널렸다. 그러니 너도 조심해라. 실로 믿어 의심치 않던 동료가 네 등에 칼을 꽂을 수도 있음이다."

냉혹하고 잔인한 말이긴 하나, 부정할 수 없는 현실인지라 설무백은 그저 묵묵히 고개를 끄덕였다.

하고 싶은 얘기가 더 있었는데, 말할 수가 없게 되었다.

마침 그때 지근거리로 다가오는 인기척이 느껴졌기 때문이다.

아니나 다를까, 아래로 늘어진 막사의 입구가 들쳐지며 낯익은 얼굴이 불쑥 들어섰다.

아직 성장 차림을 거두지 않은 노장군, 무절이라 불리는 표기장군 위광이었다.

"무슨 일로 나를…… 어? 이게 누구야? 우리 조카님 아니신가?"

투덜거리며 안으로 들어서던 위광이 설무백을 발견하고는 반가움을 드러냈다.

설무백은 엉거주춤 일어나서 눈인사와 함께 고개를 숙였다. 아직 뭐라고 불러야 할지 몰라서 어정쩡했다.

설인보가 눈치 빠르게 조언했다.

"그냥 백부라고 대하면 된다. 나와는 형제와도 같으니 그리 불러도 괜찮다."

설무백은 고개를 끄덕이는 것으로 수긍하며 위광에게 자리를 권했다.

"앉으시지요, 백부님."

위광이 기분 좋게 껄껄 웃으며 그가 권하는 자리에 앉았다.

"이거 엄청난 조카님에게 백부 소리를 들으니 감개무량하
군. 그래도 감히 하대는 할 수 없으니 이해해 주게나, 조카님.
하하하……!"

설무백은 이미 위광의 고지식함을 인정한 터라 다른 말은
못하고 그저 멋쩍은 웃음으로 얼버무렸다.

설인보가 그사이 상석에서 일어나서 그들의 곁으로 나와 앉
으며 말했다.

"다름이 아니라 얘가 내게 할 말이 있다는데, 그게 눈치를
보아하니 형님도 들어야 할 얘기 같아서 말이오."

위광이 부리부리한 두 눈을 끔뻑거렸다.

"무슨 얘긴데?"

"이제부터 들어 볼 참인데, 부탁이라는 것을 보니 아무래도
뻔한 거 같소."

설인보가 내내 뒤적거리던 장부를 앞에 내려놓고 설무백을
바라보며 말을 이었다.

"이제 곧 전하께서 황위에 오를 테고, 이어서 논공행상(論功
行賞)이 있을 텐데, 그게 끝나면 전시효과를 위해서라도 전하께
서는 그 자리에서 응천부의 관리들은 물론, 군부의 수뇌부와
생포한 병사들까지 모조리 다 처형할 게 아니겠소. 이 녀석은

그걸 막고 싶은 모양이오. 아니 그러냐?"

설무백은 말문이 막혀 버렸다.

설인보가 그의 속내를 정확히 꿰뚫어 보았기 때문이다.

"당황하는 꼴을 보니 정확한가 보오."

설인보가 한마디를 더해서 자신의 말을 사실로 인식시키자, 위광이 고개를 끄덕이며 말했다.

"그거라면 난감한 일이군. 여기 응천부로 진군하기 전부터 전하의 생각은 더 없이 확고한 것으로 아는데 말이지."

설무백은 걱정하는 위광의 말을 듣고 나서야 냉정을 되찾으며 진중하게 자신의 의견을 피력했다.

"제가 그리 생각하는 것은 단순히 그들의 목숨을 구명하려는 것에만 뜻이 있어서가 아닙니다. 북평왕부는 비록 대승을 거두긴 했으나, 상당한 전력을 손실한 것이 사실이고, 이는 호시탐탐 중원을 노리는 다른 자들에게 좋은 먹잇감으로 비추어질 수도 있다고 생각하기 때문입니다. 만약 그들을 살린다면 그와 같은 걱정은 하지 않아도 될 것입니다."

위광이 과연 일리가 있다는 표정으로 고개를 끄덕이며 설인보를 바라보았다.

설인보는 무슨 생각인지 잠시 침묵하고 있다가 이내 낮은 침음을 흘리고는 앞에 내려놓았던 장부를 설무백을 향해 펼치며 말했다.

"이번 싸움의 전과다."

천외천의
주인

"……!"

"전사자는 제외하고, 우리가 생포한 적의 병력은 지휘관급인 장수들과 육선문의 요원들을 포함해서 정확히 사십일만팔천삼백이십 명이다. 전하께서는 필시 경중을 따져 이 중 사 할을, 즉 십오 만 이상을 처형하실 거다. 물론 전원 참수될 것이 자명한 대내의 관리들과 지휘관급인 장수, 육선문의 요원 일천 명 가량을 포함해서 말이다."

설무백은 새삼 놀랐다.

설인보가 말해 준 내용도 놀랍지만, 설인보의 직관에 놀라지 않을 수 없었다.

과연 설인보는 그를 마주한 순간부터 그가 무엇을 바라고 왔는지를 간파하고 이번 싸움의 전과를 살폈던 것이다.

설인보가 그런 그를 직시하며 계속 말을 이어 나갔다.

"여기에 천사교도들을 포함시키지 않은 것은 이미 그들은 처형을 끝냈기 때문이다. 설마 그들의 목숨까지 구하려는 것은 아니겠지?"

"아닙니다!"

설무백이 얼떨결에 대답하자, 설인보가 묵묵히 고개를 끄덕이며 다시 말했다.

"나와 위 형님의 역량으로는 이 중 절반은 살릴 수 있을 거다. 물론 지휘관급에 해당하는 장수들은 제외하고 말이다. 그들의 참수는 누구도 바꿀 수 없는 기정사실이니까."

설무백은 절로 고개를 끄덕였다.

설인보가 그렇다면 그런 것이었다.

그가 아는 아버지 설인보는 언제나 자신이 할 수 있는 것만 정확히 말했다.

설인보가 수긍하는 그를 주시한 채 거듭 한숨과도 같은 침음을 흘리며 물었다.

"이 정도로 만족하느냐?"

설무백은 앞서 수긍하듯 고개를 끄덕인 것과 달리 단호하게 부정했다.

"실로 부족합니다!"

그리고 기꺼이 웃으며 말을 덧붙였다.

"하지만 만족합니다! 나머지는 제가 나서서 살려 보도록 하겠습니다! 물론 아버님은 나중에, 제가 먼저입니다."

설인보가 자못 울상을 지었다.

"네가 먼저 반을 구하고 나서 나보고 남은 나머지 반을 구하라고? 그건 내게 너무 불리한데?"

설무백은 자리를 털고 일어났다.

"그거야 아버님 사정이죠. 그보다 어디 계시죠, 전하는?"

설인보는 울상을 지우지 않으면서도 대답해 주었다.

"대대로 황태자들의 거처이던 영화궁이 전하의 임시 거처다."

천외천의
주인

설무백은 얘기를 끝내자마자 설인보의 군막을 나왔다.

설인보는 이후에 벌어질 아들의 행보를 익히 짐작하는 눈치였으나, 굳이 막지는 않고 내색을 삼갔다.

다만 조언은 아끼지 않았다.

"전하는 왕도(王道)보다 패도(覇道)를 추구하는 분이시다. 다만 나 때문에 네 의지를 꺾는 일은 하지 마라. 그런 못난 아비가 되기는 싫다."

그리고 엉뚱한 한마디를 덧붙였다.

"네 어미가 그러라고 했다."

마지막 덧붙임은 무뚝뚝한 아비의 어설픈 수줍음이었을 것이다.

설무백은 그 마음을 가슴 깊이 새기며 군막 밖에서 대기하고 있던 일행과 함께 살기와 피비린내가 피어나는 장소로 자리를 옮겼다.

설인보가 알려 주진 않았으나, 고도로 발달한 그의 감각만으로도 충분히 찾을 수 있었던 그 장소는 바로 천사교도들을 처형하고 있는 형장이었다.

군막과 이백여 장가량 떨어진 벌판에 꾸며진 형장에는 늦은 밤의 어둠을 더욱 짙게 물들이는 황사가 불고 있었다.

피비린내가 진동하는 그곳에는 싯누런 바람이 별빛을 가린 하늘로 까마귀 떼가 날았고, 저편 한쪽 구석에는 떼를 지어 내려앉은 까마귀 떼도 보였다.

아직 땅에 묻지 않고 방치한 시체들을 뜯어먹는 까마귀 떼였다.

그리고 사방에 횃불을 밝혀 둔 형장에는 열 명의 도부수가 줄지어 서서 한 군관의 호령에 맞추어 기계적으로 손을 놀려서 사람의 목을 치고 있었다.

천으로 눈이 가려진 채 무릎이 꿇려져서 투박하게 잘린 통나무 위로 머리를 대고 있는 그들은, 바로 천사교도들은 이미 체념한 듯 아무런 반항의 몸짓도 없었다.

그저 도부수가 시키는 대로 통나무에 머리를 대고 죽어 갈 뿐이었다.

"이제 막 시작했나 보네요."

공야무륵의 중얼거림이었다.

설인보의 군막 밖에서 설무백을 기다리던 동료는 암중에 숨어서 군막까지 따라 들어온 요미를 제외하고 지금 말을 한 공야무륵을 비롯해 철면신과 철각사, 검영 그렇게 넷뿐이었다.

나머지는 설무백의 지시에 따라 성내를 돌며 수색을 벌이고 있었다.

잔당을 소탕하려는 것이 아니었다.

혹시 모를 사태에 대한 대비였고, 지금 설무백이 형장을 찾은 이유도 그 때문이었다.

천사교가 혹은 마교의 무리가 천사교도들의 죽음을 그대로 방치하지 않을 수도 있다는 우려가 설무백의 뇌리에는 있었던 것이다.

그러나 아무래도 기우인 것 같았다.

공야무륵의 말마따나 형장의 처형이 이제 막 시작된 것 같았다.

이미 처형되어서 방치된 주검은 얼마 되지 않은 데 반해 검은 천으로 눈이 가려진 채 도부수의 칼날을 기다리며 줄지어 늘어선 인원은 족히 수백 명이나 남아 있었다.

그런데도 형장의 주변에는 마기를 품은 그 어떤 사람도, 징후도 전혀 느껴지지 않았다.

설무백은 본의 아니게 고개를 갸웃했다.

"마교가 천사교를 버린 걸까?"

주변의 기운을 살피다가 공야무륵의 말을 듣고 무심결에 드러낸 의문이었으나, 철각사가 나서며 대답했다.

"버린 거면 정말 무서운 일이오. 천사교를 그만큼 하찮게 느낀다는 뜻일 테니까."

검영이 전혀 다른 반론을 폈다.

"너무 강해서, 자기들도 감당하기 어려워서 그냥 내버려두는 것일 수도 있지요."

암중의 요미가 전처럼 설무백의 어깨 위로 불쑥 머리를 내밀며 끼어들었다.

"난 아줌마 말에 동의. 무엇보다도 천사교주가 안 보였잖아. 그 음흉한 놈이 지금 어디서 무슨 짓을 하고 있을지 알게 뭐야."

"누구 보고 아줌마래!"

"누구긴? 아줌마 보고 하는 소리지."

"너 정말 자꾸 까불래?"

"오, 한판 해 보시겠다 이거지?"

설무백은 도끼눈을 뜨고 서로를 노려보는 그녀들을 외면하며 돌아섰다.

"그래도 혹시 모르니 다들 잠시 여기서 지켜보고 있어요. 버린 거든 내친 거든 누군가 확인하러 오는 놈이 있을 수도 있으니까."

서로를 노려보던 두 여자의 실랑이가 그쳤다.

그사이 철각사가 물었다.

"그분을 만나러 가려는 거요?"

연왕 주체를 말하는 것이다.

알게 모르게 정도를 고집하는 철각사의 입장에선 이제 곧 황위에 오를 사람을 직접 거명하는 것은 거북했던 모양이다.

"쇠뿔도 당김에 빼랬다고 후딱 해치우는 게 좋죠."

검영이 물었다.

"거절하면요?"

설무백은 고개를 저었다.

"거절하진 않으리라고 봐. 작금의 정세를 누구보다도 잘 알고 있는 분이니까."

그리고 웃는 낯으로 솔직히 털어놓았다.

"내가 아버지를 찾아온 건 도움을 받으려는 측면도 없지 않았지만, 그보다는 예의를 지키려던 것뿐이야. 명색이 아버지의 허락도 없이 아버지의 상전을 만나서 협상을 하는 건 막돼먹은 자식이잖아."

철각사가 한마디 했다.

"그럴 줄 알았소."

검영이 집요하게 물었다.

"그래도 거절하면요?"

"그러면……?"

설무백은 어깨를 으쓱하고 대수롭지 않게 대답했다.

"다른 방도가 없지. 설득을 해 보고 안 되면 서로 다른 길을 가야지. 어차피 서로 다른 세계에 사는 사람인데, 아쉬울 거 없잖아?"

검영이 자못 놀랐다.

"그게 그렇게 간단한 일인가요?"

설무백은 웃었다.

태연을 가장하는 것처럼 보이나, 사실은 그만의 고집을 드러내는 웃음이었다.

"간단한 일이야. 남이 나를 도와주지 않는다고 해서 그 사람을 탓할 수는 없는 거잖아. 물론 그로 인해 그 사람이 위험해질 수도 있다는 사실은 별개의 문제인 거고."

검영이 새삼 놀라는 기색을 드러냈다.

"의외로 냉정하시네요."

"잘못 본 거야."

설무백은 웃는 낮으로 잘라 말했다.

"나는 원래 냉정한 사람이야."

검영이 말문이 막힌 표정으로 바라보았다.

설무백은 그저 웃고는 돌아섰다.

"그럼 후딱 다녀올 테니까 다들 조금 더 지켜보고 있다가 집결 장소로 이동해서 기다리도록 해."

"나도 갈래."

요미가 암중으로 모습을 감추며 그의 그늘로 스며들었다.

설무백은 막는다고 해서 막아질 아이가 아니라는 것을 알기에 그냥 두었다.

그리고 그런 사람이, 아니, 물건이 하나 더 있었다.

철면신이 대번에 그의 뒤를 따라붙었다.

설무백은 그저 쓰게 웃으며 신형을 날리며 속도를 냈다.

요미도, 그리고 철면신도 그의 속도를 능숙하게 따라왔다.

그처럼 은밀함을 보이기도 했다.

아직 전시상황에 물들어서 치열하게 강화된 황궁의 경계를 그와 마찬가지로 어렵지 않게 뚫고 들어갈 정도였다.

황궁의 영내로 진입한 설무백은 곧장 예전의 황태자들이 거처로 사용하던 곳이라는 영화궁으로 스며들어 갔다.

전각과 담, 나무 사이의 그늘로만 이동해서 빠르고 은밀하게 움직이는 그와 그를 따라 움직이는 철면신의 영활한 경신술을 간파하는 경계는 하나도 없었다.

영화궁의 내부에도 경계는 있었다.

외부의 경계와 비교해서 상대적으로 뛰어난 자들이 천장과 복도의 기둥, 화초의 그늘 속 등, 요소요소마다 은밀하게 포진해 있었는데, 다 해서 스물두 명이나 되었다.

동창의 위사들이었다.

설무백은 느낌으로 그것을 파악하고는 요미에게 지시했다.

-요미, 일대의 경계를 다 잠재워라!

-거봐. 내가 필요하잖아. 앞으로 내가 따라나설 때 눈치주면 안 돼!

요미가 나서기 전에 자신의 요긴함부터 내세웠다.

그러나 그녀의 자부심에 이의를 표명할 수는 없었다.

일단 움직인 그녀는 두말할 나위도 없는 은밀함과 민첩함, 그리고 가없는 행동력으로 순식간에 영화궁 내의 경계들을 잠재워 버렸다.

거대한 대전의 요소요소를 돌며 스물두 명의 경계를 잠재우는 데 불과 반에 반각도 걸리지 않았다.

가희 발군의 능력이 아닐 수 없었다.

설무백은 내심 어쩔 수 없이 요미의 능력을 인정하는 한편, 못내 은근한 걱정이 들었다.

경계가 허술했다.

    상대적인 일일 테지만, 적어도 마교를 상대로 이 정도의 경계는 매우 부족했다.

    천사교가 황궁에서 떨어져 나갔다는 게 기정사실화되면 틀림없이 마교의 다른 마왕들이 황궁을 노릴 가능성이 지대하다.

    설무백은 그런 생각으로 무거워진 마음을 애써 누르며 세 사람의 기척이 느껴지는 영화궁의 대청으로 들어섰다.

    "앗!"

    영화궁의 대청에 있는 세 사람의 기척 중 하나는 예상대로 연왕 주체의 것이었다.

    나머지 두 사람도 설무백이 아는 사람들이었다.

    백발의 노장군 위국공과 제독동창 조위문이 바로 그들이었는데, 놀라서 반사적으로 칼자루를 잡아가던 그들이 이내 설무백을 알아보며 반색했다.

    "비공!"

    연왕이 뒤늦게 알아보고 활짝 웃는 낯으로 일어나서 설무백을 맞이했다.

    "아우 왔는가?"

    설무백은 정중히 포권의 예를 취했다.

    "죄송합니다. 긴히 드릴 말씀이 있어서 불경하게도 이렇게 찾아왔습니다."

    "괜찮아. 아우야 얼마든지 그럴 자격이 있는 사람이니까."

    연왕이 반갑게 설무백을 맞이하는 사이, 위국공과 조위문은 일그러진 눈가로 철면신을 바라보고 있었다.

　설무백의 그림자처럼 뒤따라 들어온 철면신이 감히 연왕을 보고도 그 어떤 인사도 없이 서 있었기 때문이다.

　"아……!"

　설무백은 뒤늦게 그걸 간파하고는 철면신의 뒷목을 눌러서 억지로 연왕에게 인사를 시키며 말했다.

　"정말 아무것도 모르는 석두라 저를 지키는 것 이외에 그 어떤 것에도 관심이 없는 녀석입니다. 얼굴은 보기 흉한 상처 때문에 가린 것이고요. 너그럽게 이해해 주십시오, 형님."

　연왕이 웃어넘겼다.

　"부럽군."

　위국공과 조위문도 그제야 안색을 풀었다.

　"일전에는 갑자기 가셔서 제대로 인사도 못했소이다. 진심으로 도움에 감사드리오."

　조위문이 정중히 공수하며 감사를 표하자, 위국공이 그 말을 받아서 너털웃음을 터트렸다.

　"얘기 들었네. 전 황제를 잡는 데 크게 도움을 주었다고? 실로 큰일을 했네."

　설무백은 일순 멈칫했다.

　그럴 수밖에 없는 것이, 지금 위국공은 가짜 황제를 진짜 황제로 알고 있었다.

　그는 은연중에 재빨리 그 자리에 있던 조위문의 살폈다.

조위문은 그저 흐뭇하게 웃고 있었다.

전혀 가식으로 보이지 않았다.

그 역시 가짜 황제를 진짜 황제로 알고 있는 것이다.

'그냥 넘겨야 하나?'

그냥 넘기는 것이 좋았다.

이건 어쩌면 다행스러운 일일지도 몰랐다. 아니, 다행스러운 일이었다.

가짜 황제가 진짜 황제로 화해서 죽으면 진짜 황제였던 주윤문의 안위가 보장되는 것이다.

'국문(鞠問)에 부치기 전에 처리해야겠군!'

가짜 황제가 국문을 견디지 못하고 진실을 고하면 사태가 난감해진다. 그 전에 가짜 황제를 처리해야 하는 것이다.

찰나지간의 생각으로 그렇게 마음을 먹은 설무백은 이내 애써 미소를 보이며 위국공의 말을 받았다.

"별말씀을……! 그저 그때 마침 제가 그 자리에 있었을 뿐입니다."

위국공이 본의 아니게 표출된 그의 겸손에 만족한 미소를 지으며 치하했다.

"역시 비공이야."

연왕이 그때 나서며 자리를 정리했다.

"자, 자, 우선 앉게. 그래, 무슨 긴한 얘기가 있다는 거야? 아니, 그전에 차 좀 내오지?"

"차는 됐습니다, 형님."

설무백은 급히 사양하고는 연왕이 권하는 자리에 앉으며 짐짓 어색한 미소를 흘렸다.

"워낙 꺼내기 거북한 얘기라 차보다는 술이 필요할 것 같은데, 이 시점에 술은 안 될 말이지요."

연왕이 실로 예사롭지 않은 얘기임을 간파한 듯 진지한 표정으로 바뀌어서 물었다.

"그래, 무슨 얘기인가?"

설무백은 늘 그렇듯 거두절미하고 사안을 직접적으로 말했다.

"이번 싸움에서 생포한 육선문의 무사들과 황군의 처형을 재고해 주십시오."

연왕의 안색이 변했다.

"실로 거북한 얘기가 맞군."

설무백은 거듭 청했다.

"일체를 거두어 달라는 청이 아닙니다. 선별해서 살릴 수 있는 자들은 살려서 곁에 두고 쓰시라는 얘기입니다."

연왕이 예리해진 눈빛으로 쳐다보며 말했다.

"과거 초패왕 항우는 항복한 이십 만 명의 진나라 병사들을 땅에 묻어 버렸지. 거기가 신안성 남쪽의 어딘가였지 아마? 아무튼, 그게 중요한 건 아니고, 그 사건이 세간의 원성을 사서 두고두고 항우를 괴롭혔고, 결국 패업에도 실패했지. 아우는 이 우형에게 그와 같은 우를 범하지 말라, 이거겠지?"

설무백은 고개를 저었다.

"아닙니다."

연왕이 의외라는 듯 눈을 끔뻑거리며 물었다.

"그럼 이유가 뭔가?"

설무백은 답변 대신 뜬금없는 질문을 던졌다.

"지금 형님을 경호하는 친위대는 동창이겠지요?"

연왕이 어리둥절해하면서 대답했다.

"그렇지."

설무백은 다시 물었다.

"그들은 지금 형님을 제대로 경호하고 있습니까?"

연왕보다도 곁에서 듣고 있던 제독동창 조위문가 더 빨리 안색이 변해서 소리쳤다.

"부안(富安)! 도양(屠羊)!"

대답도 없고, 그 어떤 반응은 없었다.

부안과 도양이 누군지는 모르겠으나, 아마도 앞서 요미가 잠재운 동창의 위사들 중 두 사람일 것이다.

그러니 그들이 대답을 하거나 반응을 할 리는 없는 일이었다.

조위문의 얼굴이 한껏 일그러지는 가운데, 사태를 직감한 연왕의 표정도 좋지 않게 변했다.

"아우의 소행인가?"

천왕천의
주인

설무백은 고개를 끄덕이며 말했다.

"보시다시피 형님의 힘은 아직 완전하지 않습니다. 천사교는 마교의 일개 조직에 불과함을 명심하시고, 전력을 능히 보충할 기회를 저버리지 마시길 바랍니다."

연왕이 가만히 고개를 끄덕이며 어색한 미소를 흘렸다.

"옳은 소리로 들리긴 하지만, 천하에 아우를 막을 수 있는 사람이 몇이나 될까, 아니, 과연 있기는 할까 의심스럽군."

설무백은 사뭇 냉정하게 대답했다.

"모르지요. 하지만 제가 형님에게 칼끝을 들이댈 수도 있지 않겠습니까."

장내가 찬물을 끼얹은 것처럼 조용해졌다.

마주하기 거북한 기운이 장내를 무겁게 짓누르고 있었다.

설무백은 그게 아랑곳하지 않고 한술 더 떠서 연왕을 위협했다.

"요미!"

요미가 아무런 기척도 없이, 그야말로 유령처럼 홀연히 연왕의 뒤에 나타났다.

"……!"

시간이 정지했다.

조위문은 새파랗게 질려 버렸고, 위국공은 그대로 얼어붙어 버렸다.

대범하기로 소문난 연왕조차도 이번만큼은 절로 마른침을

삼키고 있었다.

설무백은 그런 연왕을 향해 더 없이 정중하게 공수하며 말을 덧붙였다.

"마교에는 저나 저 아이 같은 고수가 몇이나 있을지 아무도 모릅니다. 부디 통촉해 주십시오!"

연왕은 결국 설무백의 청을 들어주기로 결정했다.

들어주지 않을 수 없었을 터였다.

익히 잘 아는 설무백의 능력은 고사하고, 유령처럼 모습을 드러낸 요미의 영향이 지대했다.

설무백의 일개 수하가, 그것도 앳된 소녀의 능력이 백전노장인 위국공은 물론, 내로라하는 대내무반의 고수인 조위문가 새파랗게 질려 버릴 정도였으니, 그에 대해서는 두말할 나위가 없었다.

비록 한동안 공을 자랑하는 요미의 재잘거림으로 귀가 따가웠으나, 그 정도는 설무백도 능히 감내할 수 있었다.

가짜 황제를 처리하는 것도 그녀의 공이 지대했기 때문이다.

설무백은 연왕과 헤어진 다음 황궁을 나서기 전에 배웅하는 위국공 등에게 얼굴이나 한번 보자고 청해서 뇌옥에 감금된 황제를 만났다.

그 자리에서 요미는 남몰래 가짜 황제에게 돌이킬 수 없는 섭혼술을 걸었다.

다른 누가 무슨 말을 물어도 대답을 못할 것이고, 매순간 자신이 두려워하는 허상을 보고 발작을 일으키며 시름시름 앓다가 죽을 섭혼술이라는 것이 그녀의 설명이었다.

말만 들어도 오싹하도록 지독한 섭혼술이었으나, 요미의 태도는 당당했다.

"가짜 황제라도 황제는 황제니까. 그러니 황제처럼 죽어야지. 역대 황제는 전부 독살을 당하거나, 그렇게 미쳐서 죽었잖아. 전통을 따라가야지."

"누가 알려 준 거야 그건?"

"할머니가."

"아……!"

설무백은 바로 인정해 버렸다.

요미의 할머니는 담태파야였다. 그리고 그녀의 정체는 이십여 년 전까지만 해도 강호칠대악인의 하나로 악명이 자자했던 요녀 구유차녀 담요였다.

참으로 그녀다운 교육이었다.

다만 설무백은 황궁의 일이 바라던 대로 잘 마무리된 다음에도 못내 눈엣가시처럼 신경이 쓰이는 것이 한 가지 있었다.

바로 천사교주의 부재였다.

황궁은 마교의 일원 중에서 가장 먼저 중원을 선점한 천사교주에게 있어 막대한 배경이었다.

천사교주는 왜, 무엇 때문에 그처럼 막대한 배경이 사라지는 시점에도 모습을 드러내지 않았던 것일까?

드러내지 않은 것일까, 드러내지 못했던 것일까?

황궁을 나선 설무백이 모처에서, 정확히는 응천부의 서문과 인접한 저잣거리에 자리한 화양객잔(華陽客棧)에서 기다리고 있던 동료들을 만나서 그 얘기를 하자, 다들 의견이 분분했다.

그러나 서로의 의견을 교환할수록 결론은 하나로 귀결되었다. 이유 여하를 막론하고 천사교주에게 황궁을 포기할 이유가 없다는 것이 바로 그것이었다.

"여태까지의 정황으로 봐서는 그 작자가 황궁을 포기할 이유는 손톱만큼도 없소. 필시 다른 이유가 있을 거요."

"마교총단에게 숙청을 당한 것일까?"

"말도 안 되는 소리. 어차피 천사교는 마교총단과 따로 놀았 잖소."

"따로 논 건 천사교만이 아니오. 다른 조직들도 그렇소. 아무래도 마교총단은 예하의 다른 조직들을 완전히 장악하지 못한 것으로 보이오."

"파벌 싸움이라는 건데…… 익히 예상은 했지만, 이건 너무 정도가 심한 것 아닌가?"

"예로부터 제국이 망한 건 외세의 공격 때문이 아니라 내부의 분열 때문이오. 마교총단에 천마가 없다는 것은 이제 기정사실인 바, 아무래도 이건 저들에게 천마를 대신할 구심점이 없다는 것이 확실한 것 같소."

"사실이 그렇다면 이제 중원이 더욱 어지럽게 되겠구려. 제멋대로 날뛰는 마왕들이 너도나도 중원을 차지하려고 군침을 흘릴 테니 말이오."

"그건 아직 모르는 일이오. 천사교주는 죽은 게 아니라 나타지 않은 것이오. 어떤 사연인지는 몰라도, 그 작자가 살아 있는 한 천사교가 무너졌다고는 볼 수 없소."

"이 마당에도 나타나지 않았다면 이미 죽었을 수도 있지 않을까요?"

"아니오. 그자만 나타나지 않았다면 그렇게 볼 수도 있지만, 그자가 그렇게나 공들인 강시들도 전혀 보이지 않았소. 그러니 그자가 죽었다고 보긴 어렵소."

"오직 그자만이 강시들을 움직이게 할 수 있다면요? 아, 아니군요. 이미 그자 없이 활동하던 강시들이 있었으니, 그건 아니겠네요."

"그뿐 아니라, 천사교가 중원에 깔아 놓은 지부들도 여전하오. 거기 속한 천사교도들도 무시할 수준은 아니오."

"아니, 그럼 대체 그자는 왜 이 시점에 보이지 않는 걸까요?"

얘기가 돌고 돌아서 다시 원점으로 돌아왔다.

시종일관 침묵한 채로 사람들의 의견을 듣고 있던 설무백은 더 이상의 결론은 나오기 어렵다고 판단하며 말했다.

"아무튼, 천사교가 이번 사태로 막대한 타격을 입은 것만큼은 틀림없는 사실이니, 이렇게 하죠."

좌중의 이목이 대번에 설무백에게 쏠렸다.

설무백은 결론을 내리듯 다시 말했다.

"우선 천사교의 지부는 가급적 건드리지 않고 그대로 두고, 그들의 동향을 면밀히 살핍니다. 그러다 보면 숨겨진 천사교의 총단도 머지않아 밝힐 수 있으리라 봅니다."

"역시 주군께서도 천사교주가 살아 있다는 쪽이군요."

환사가 반색했다.

내내 그의 주장이 그것이었던 것이다.

설무백은 가볍게 고개를 끄덕이는 것으로 인정하며 말했다.

"제가 상대한 십이신군들은 하나같이 출중한 능력을 가지고 있었습니다. 비록 어쩌다 보니 제가 그들의 약점과도 같은 능력을 가지게 돼서 비교적 쉽게 제압했습니다만, 다른 사람들은 정말 쉽지 않으리라고 봅니다. 그런 자들이 떠받드는 자이니 오죽하겠습니까. 실로 쉽게 죽어서 사라질 자가 아닙니다, 그 자는."

말을 건넨 환사는 말할 것도 없고, 좌중의 모두가 고개를 끄덕이는 것으로 인정했다.

특히 앞서 황군의 진영에서 십이신군의 하나인 오두신군과 대적했던 검노는 무거운 표정으로 고개를 끄덕이고 있었다.

당시 싸움에서 그는 오두신군을 죽이긴 했으나, 실로 어려운 싸움을 했고, 그마저 쌍노의 지원이 없었다면 크게 낭패를 보았을 싸움이었다는 것이 독후의 귀띔이었다.

"게다가……."

설무백은 슬쩍 자신의 곁에 시립한 철각사를 일별하며 말을 덧붙였다.

"다들 아시겠지만, 그자가 보유한 강시는 실로 막강한 전력입니다. 그런 전력의 비호를 받는 그가 다른 누군가에게 죽었다고는 쉽게 생각할 수 없는 일입니다."

"험!"

검노가 오두신군과 싸웠던 일로 인해 십이신군에 대해서는 생각하기도 싫은지 보란 듯이 헛기침을 해서 분위기를 쇄신하며 물었다.

"우선이라고 했으니, 계획이 더 있다는 뜻이구려. 그다음 계획은 뭐요?"

설무백은 검노의 기분을 이해하며 바로 다음 계획을 얘기했다.

"이제부터는 무림맹이나 흑도천상궁보다도 황궁을 더 살펴야 할 것 같습니다."

천월이 동감했다.

"지금으로서는 놈들에게 황궁보다 더 먹음직스러운 요리는 없을 테니 합당한 결정입니다."

설무백은 부연했다.

"그렇다고 황궁의 전력을 무시해서는 아닙니다. 이제 새로운 황궁은 이전보다 더 강성해질 겁니다. 제가 그렇게 만들 테니까요."

검노가 물었다.

"어떻게 말이오?"

"천군을 황궁에 붙일 생각입니다. 이래저래 뒤에서 눈치만 보고 있는 그들이 합류한다면 황궁의 힘은 배가 될 테고, 다른 세력들이 천사교의 경우처럼 쉽게 나서지는 못할 겁니다."

"천군이 그렇게 할까요?"

"그렇게 하도록 만들어야지요."

천월이 어려운 일이라는 표정으로 입맛을 다시다가 이내 고개를 갸웃했다.

"아무려나, 그렇다면 굳이 우리가 황궁을 살필 이유가 없는 거 아닌가요?"

설무백은 고개를 저었다.

"그건 황궁의 힘이 강성해지는 것과 무관한 일입니다. 저는 다만 천사교가 놓친 황궁을 노리는 자들이라면 당연히 마교의 일당일 테니, 그들을 공략하려는 겁니다."

"일리가 있소이다."

검노가 실로 마음에 드는 계획이라는 듯 아이처럼 고개를 끄덕이며 수긍했다.

"우린 아직 저들의 전력을 다 모르고 있으니, 그런 식으로라도 하나씩 캐낼 수밖에 없지요."

설무백은 실로 그렇다는 표정으로 고개를 끄덕였다. 그리고 무언가 더 계획이 있나 싶은 눈빛으로 바라보는 좌중을 향해 싱긋 웃으며 손바닥을 비볐다.

"자, 그럼 대충 얘기가 끝난 것 같으니까, 이제 그만 누가 황궁을 감시할 건지 뽑아 볼까요? 지원자 받습니다."

다들 누가 먼저랄 것도 없이 동시에 그의 시선을 피해서 딴청을 부렸다.

누구 하나 그와 떨어지고 싶은 사람이 없었던 것이다.

⁂

전후 사정을 살펴서 천사교주가 살아 있을 것이라는 설무백의 단정은 틀리지 않았다.

설무백 등이 천사교주의 생사를 놓고 설왕설래, 의견이 분분했던 그 시각, 당사자인 천사교주는 비록 여기저기 상처투성이 몸이긴 했으나, 죽지 않고 살아서 쾌활림의 주인인 사도진악을 만나고 있었다.

"혈뇌사야, 그 미친 독종 새끼가 일을 다 마쳤소! 내 그 미친 놈의 종자의 뼈를 갈아 마시지 않으면 성을 갈고 말겠요!"

천사교주는 분기탱천한 모습으로 이를 갈고 또 갈았다.

어찌나 분에 겨워하는지 마주 앉아서 그 모습을 지켜보는 사도진악은 입도 벙긋할 수가 없었다.

사정은 이랬다.

지난날 천사교주는 천사교의 총단을 찾아온 혈뇌사야를 함정에 빠트리고 암습을 가했었다.

그런데 혈뇌사야가 실로 한 치의 허점도 없이 완벽하다고 생각한 그의 암습과 함정을 빠져나갔고, 그는 다수의 수하들을 동원해서 도주한 혈뇌사야를 추적했지만, 끝내 잡지 못하고 놓쳐 버렸었다.

뼈아픈 실책이었다.

그러나 천사교주는 크게 분노할망정 달리 걱정하지는 않았다. 그도 그럴 것이, 그는 도주한 혈뇌사야가 실로 회복하기 어려운 상처를 입었음을 익히 잘 알고 있었다.

어쩌면 도주하는 와중에 죽었을 수도 있고, 설령 죽지 않았다고 해도 온전한 상태로 회복하려면 상당한 시일이 걸릴 것임을 그는 믿어 의심치 않았다.

하지만 그대로 무시하고 방치할 수는 없었다.

만에 하나라도 혈뇌사야가 살아서 혈가로 돌아간다면 그로 인한 귀찮음은 이루 다 말로 표현할 수 없을 터였다.

그 때문이었다.

천사교주는 어쩔 수 없이 눈물을 머금고 계획을 변경했다.

믿을 만한 수하에게 믿을 만한 병력을 딸려 보내서 혈가를 기습한 것이다.

그들이 바로 평소 그가 신임하는 마령과 가장 아끼던 강시들인 이상 실패란 있을 수 없었다.

천하천의
주인

애초의 계획대로 혈뇌사야를 암살하는 데 성공했다면 그간 가식으로 꾸민 혈뇌사야와의 친분을 이용해서 자신이 흡수하려던 혈가를 몰살시키려고 했다.

본디부터 혈가는 소수 정예로 구성된 마도의 가문이었고, 작금에 와서도 그 인원은 변함이 없었다.

가주인 혈뇌사야를 포함해서 고작 백여 명의 인원이 다였다. 그래서 고작 그 인원을 치자고 천사교에서 그 자신 다음으로 강하다고 알려진 마령과 그동안 공들여 탄생시킨 강시들 중 이백이나 보낸 것은 어쩌면 낭비일 수도 있었다.

그래도 천사교주는 주저하지 않고 그렇게 했다.

비록 소수지만 당당히 마도오문의 한 자리를 차지하고 있는 혈가의 저력을 그는 인정하기 때문이다.

오죽하면 그가 마교의 마왕들 중에서 거의 유일하게 자신의 편에 서 있는 혈뇌사야를 암살하면서까지 품으려고 욕심을 냈을 것인가.

그런데 어처구니없게도 또다시 일이 틀어졌다.

그가 마령 등을 혈가로 보낸 그날 저녁, 황당하게도 어디 하나 다친 곳 없이 멀쩡한 모습의 혈뇌사야가 이끄는 혈가의 일백 정예가 천사교의 총단을 기습했다.

그 결과가 지금 그의 모습이었다.

총단에 남아 있던 백여 구의 강시를 총동원했음에도 그는 패해서 총단을 버려야 했다.

또한 지옥의 악귀보다도 더 지독하게 따라붙는 혈뇌사야를 뿌리치느라 고작 수십 명의 수하와 이십여 구의 강시들만을 겨우 살려서 도주하는 데 성공했고, 절체절명의 순간이 아니라면 절대로 타인에게 드러내지 않으려던 그만의 비밀 안가마저 사도진악에 공개하게 되었다.

사도진악은 그 얘기를 듣느라 거의 한 시진 가량을 소모했으나, 그 시간이 전혀 아깝지 않았다.

이제 곧 천사교주의 입에서 나올 말이 무엇인지 너무나도 뻔했기 때문이다.

아니나 다를까, 사도진악이 내심 '이 정도면 내가 먼저 도와드릴까요?'라고 말해야 하는 거 아닌가 하는 고민이 찾아들 때쯤 어렵사리 분을 삭인 천사교주가 본론을 꺼냈다.

"아무튼, 본인이 이렇게 림주를 부른 것은 다름 아니라 도움이 필요해서요."

사도진악은 애써 흐뭇한 마음을 감추며 스스로 생각해도 낯간지러운 가식을 떨었다.

"무엇이든 말씀해 보시오. 교주님을 돕는 일에 내 어찌 두 팔을 걷어붙이지 않을 수 있겠소."

천사교주가 반가운 기색으로 말했다.

"그 미친 혈뇌사야로 인해 본인의 계획이 다 틀어졌소. 무엇보다도 황궁의 일이 정말 뼈아프오. 해서 부탁하는데, 이번 황궁의 일에 가장 주도적인 역할을 한 두 놈을 림주께서 좀 처리해 주었으면 하오."

사도진악은 실로 의외였다. 실망스럽기까지 했다.

당연히 혈뇌사야와 혈가의 처리를 부탁할 줄 알았는데, 얼토당토않게도 고작 황궁의 사태와 얽힌 자들의 처리를 부탁할 줄이야.

그는 애써 내색을 삼가며 물었다.

"누구요, 그게?"

천사교주가 새삼 분노에 찬 눈빛을 드러내며 말했다.

"이번에 북평왕부군을 지휘한 설인보라는 장군 나부랭이와 그자의 아들인 설무백이라는 애송이요. 아실지 모르겠지만, 설무백은 바로 얼마 전부터 강호무림에서 사신이라고 불리는 놈이오. 부탁하오. 그 두 놈을 좀 처리해 주시오!"

'문절 설인보와 사신 설무백이라……!'

천사교주의 말을 들은 사도진악은 잠시 대답을 뒤로 미룬 채 생각에 잠겼다.

부탁하는 사람 앞에서 예의가 아닌 줄 알지만, 어쩔 수 없었다. 절로 그렇게 되었다.

설인보와 설무백이 누군지는 그도 알고 있었다.

두 사람 다 그와 부딪친 적은 없지만, 하나는 연왕의 최측근 중 하나이며 북평왕부의 지낭이라 불리는 사람이라 관심이 갔었고, 다른 하나는 얼마 전부터 강호무림에서 소리 없이 유명한 고수인지라 모를 수가 없었다.

그래서, 즉 그가 아는 사람이기에 그리 무명의 존재들은 아니었다.

무명의 존재를 그가 기억하고 있을 리는 없는 것이다.

그러므로 그가 나선다고 해서 창피할 일도 아닐 뿐더러, 어쩌면 오히려 쉽게 처리할 수 없는 난감한 일일 수도 있었다.

이유야 어쨌든, 그들은 이제 황권을 잡은 황제의 측근이고, 그 측근의 아들인 것이다.

그러나 아무리 그래도 그는 선뜻 납득할 수가 없었다.

천사교주의 능력을 익히 잘 알고 있는 그인지라 더욱 그랬다.

대체 왜, 무엇 때문에 얼마든지 자기 손으로 처리할 수 있는 일을 부탁하는 것일까?

'단지 황궁의 후환이 걱정돼서……?'

아니었다. 가짜 황제까지 내세워서 황궁을 통째로 집어삼키려 했던 사람이 고작 새로운 황제와 척을 지는 것을 두려워한다는 것은 말이 안 됐다.

'왜지? 어째서 이러는 걸까?'

사도진악은 분명 천사교주에게 무언가 다른 노림수가 있는 것 같기는 한데, 당최 그것이 무엇인지 알 수가 없어서 실로 기분이 묘했다.

그때 천사교주가 말했다.

"왜 그러시오? 어려운 거요?"

사도진악은 급히 상념의 늪에서 발을 빼며 웃는 낯으로 대답했다.

"그럴 리가요. 본인이 늘 이렇소. 무슨 말을 들으면 바로 그것을 어떻게 처리하는 것이 좋을지 생각에 잠겨 버린다오."

"아, 그런 거요? 난 또 혹시나 해서⋯⋯."

천사교주가 어색한 미소를 흘렸다.

사도진악은 지금 보는 천사교주의 미소가 어서 빨리 선택을 하라는 마지막 경고처럼 보였다.

선택의 여지가 없었다.

비록 이번에 큰 피해를 입었다고는 하나, 혈가를 치러 갔던 병력과 중원 전역에 깔려 있는 천사교의 지부는 아직도 건재했다.

천사교주를 적으로 돌리기에는 아직 그의 준비가 미흡했다.

찰나지간 마음을 정한 그는 애써 기꺼운 표정을 드러내며 힘주어 장담했다.

"알겠소. 걱정 마시오. 내 최대한 빠른 시일 내에 그 두 놈의 목을 교주님께 가져다드리도록 하리다."

천사교주가 그제야 활짝 펴진 얼굴로 변해서 공수하는 것으로 고마움을 표시했다.

"아시다시피 본인은 그것이 선이든 악이든 받은 것이 있으면 기필코 돌려주는 사람이오. 언젠가 본인이 림주를 크게 도울 일이 있을 것이오."

"알지요. 교주님의 기대에 누가 되지 않도록 최선을 다해서 늦어도 보름 안에는 좋은 결과를 드리도록 하겠소. 그럼 저는 이만……!"

사도진악은 서둘러 작별을 고하고 밖으로 나섰다.

행동이야 천사교주의 부탁을 한시라도 빨리 들어주기 위해서 서두르는 것으로 보였지만, 사실은 못내 생각할 것이 많아서였다.

천사교주를 만나서 대화를 나누는 동안 내내 침묵으로 일관한 채 그의 뒤에 시립해 있다가 따라나선 흑표가 비밀 안가라는 산중턱의 산장을 벗어나기 무섭게 넌지시 말했다.

"왠지 냄새가 나는 것 같습니다."

사도진악은 희미한 미소를 지었다.

"너도 그렇게 느꼈느냐?"

흑표가 그 역시 같은 생각을 했다는 의중을 드러내자, 힘을 얻은 기색으로 자신의 생각을 밝혔다.

"황궁의 표적이 될 수 있는 일입니다. 그걸 우리에게 돌리려는 것 같습니다."

사도진악은 가던 발길을 멈추고 물끄러미 흑표를 바라보았다. 제법 머리가 돌아가는 놈이라고 생각했는데, 기껏 생각한 것이 황궁의 표적 운운이라니, 기가 막혀서였다.

"왜 그러십니까?"

"아니다."

사도진악은 손을 내젓고 그냥 가던 길을 재촉했다.

고작 그것밖에 안 되는 그릇이라면 아무리 말해 줘도 모른다. 지금은 알아들을지 몰라도 나중에 같은 일을 마주치면 어차피 같을 것이다.

그냥 필요한 곳에 쓰며 적당히 부리면 그만이었다.

그렇게 생각하며 그는 물었다.

"그럼 네 생각에 어떻게 처리하는 것이 좋을 것 같으냐?"

흑표가 자신 있게 대답했다.

"제가 쥐도 새도 모르게 처리하겠습니다. 아무도 모르면 표적이고 뭐고 없지 않겠습니까."

사도진악은 끌끌 혀를 찼다.

"가뜩이나 이제 막 싸움이 끝난 까닭에 방어다 민심안정이다 해서 수십만의 군사들이 진을 치고 있고, 대내무반의 군관들과 육선문의 고수들이 즐비하게 깔려 있을 황궁으로 잠입해서 말이냐?"

흑표가 무슨 말인지 이해하고는 찔끔해서 조심스럽게 물었다.

"설무백이라는 애송이부터 처치할까요?"

"너는 소리 없이 유명하다는 말의 뜻을 모르는 거냐, 아니면 내가 천사교주에게 보름 내에 해결하겠다는 말을 듣지 못한 거냐? 어디로 다니는지도 모르고, 지금 어디에 있는지도 모르는 쥐새끼 같은 놈을 보름 안에 처치할 수 있다는 거냐, 너는?

내가 몰랐구나. 네게 그런 엄청난 재주가 있는지 말이다."

"죄, 죄송합니다! 제 생각이 너무 짧았습니다!"

흑표가 얼굴을 붉히며 입이 열 개라도 할 말이 없다는 표정으로 고개를 숙였다.

사도진악이 화를 멈추지 않고 윽박질렀다.

"너 정말 오늘따라 왜 이러냐? 원래 이리 둔한 놈이 아니잖아?"

흑표는 그저 유구무언이라는 듯 고개만 숙이고 있었다.

사도진악은 다시 한마디 더 하려다가 이내 그만두고는 새삼 끌끌 혀를 차고는 말했다.

"가족을 노려라. 군부고 어디고 간에 나랏일을 하는 놈들의 약점은 그거다. 그놈들의 어미, 내자, 자식, 형제자매 아무나 다 좋다. 그것들을 잡아 두고 알리면 그놈들은 절로 따라오게 되어 있다!"

흑표가 이번에야말로 제대로 알아들은 듯 반색하며 고개를 들었다가 이내 넙죽 다시 숙였다.

"바로 그렇게 처리하겠습니다!"

흑표는 전적으로 사도진악의 말을 맹신하는 사람이 아니었다.

사도진악 앞에서는 간이고 쓸개고 다 빼 줄 것처럼, 그야말로 고굉지신을 자처하는 수하이자, 제자로 행동하지만, 실제는 다른 생각이 많고 그중에 가장 지대한 것은 세상의 주인공은 자신이라는 지극히 이기주의적인 생각이었다.

세상의 주인공이 자신인데 다른 사람이, 그 사람이 비록 자신의 사부일지라도 눈에 찰 리는 없는 것이다.

그래서였다.

흑표는 사도진악 앞에서 보인 태도와 달리 우선적으로 설무백의 종적을 찾으려 했다.

그러나 설무백은 실로 존재하지 않는 그림자와 같아서 도무지 찾을 수가 없었다.

주어진 시간이 지극히 제한되어 있는 까닭에 서둘러서 그런지는 모르겠으나, 그를 추종하는 모든 수하들의 보고는 전부다 수개월 이전에 어디 있었다가 전부였다.

풍잔에 대한 조사도 이루어졌고, 어쩌면 거기 있을 수도 있다는 보고가 있었지만, 지금 그가 가진 힘만으로 풍잔을 공격하기에는 부족하다는 결론이었고 말이다.

그 와중에 어디서 누가 천사교의 십이신군의 하나를 죽였는데 그게 설무백이라는 둥, 설무백이 대여섯 명의 십이신군을 죽였다는 둥 하는 무슨 신화처럼 말 같지도 않은 소문도 접하게 되었는데, 입에서 입으로 전해지는 소문이야 어차피 과장되기 마련이라는 것이 그의 고정관념이라 그냥 웃어넘겼다.

흑표는 그래서 결국 설무백의 종적을 찾는 것을 포기하고 원점으로 돌아가서 천사교주의 말대로 그의 아니, 그들의 가족을 수배했다.

이건 정말 쉬웠다.

불과 반나절도 안 돼서 그들의 가족에 대한 내력이 밝혀졌다. 설무백과 무관하게 설인보가 워낙 유명한 장수라서 그랬다.

양 씨라는 부인과 딸이 하나 있었다.

그들이 머무는 집을 찾아내는 것도 어렵지 않았다.

북평에 산다는 얘기를 듣고 북평으로 가서 수소문해 보니 지나가는 행인들조차 그들의 집을 알고 있었다.

얼마 전 새로운 집으로 이사를 했는데, 성내의 서쪽에 치우친 서문대로변과 인접한 아서방(阿西坊) 개화호동(開花胡同)에 있는 아담한 사합원(四合院)주택이라고 했다.

흑표는 서문 밖으로 적잖게 떨어진 길목에 자리한 우장(雨場)이라는 객잔에 여장을 풀고, 동행한 수하들 중 네 명을 지명해서 그쪽으로 보내고 술잔을 기울이며 느긋하게 기다렸다.

일개 아낙네와 어린 계집을 납치하는 데 굳이 그가 나설 필요는 없었다.

사실 네 명도 많다는 생각이었지만, 둘은 계집들을 짊어져야 하고 하나는 경계, 나머지 하나는 만약을 위한 대비였고, 시간도 으쓱한 밤인 해시(亥時 : 오후 9~11시)무렵으로 나름 신중을 기한 지시였다.

천화천의
주인

그런데 이상한 일이었다.

그가 술 한 병을 다 비우도록 수하들이 돌아오지 않았다.

느긋하게 마셨으니 적어도 반식경은 더 지났을 텐데도 아무런 기별이 없었다.

"이 자식들이⋯⋯!"

흑표는 짜증이 났으나, 이때까지만 해도 다른 걱정은 하지 않았다. 그저 이놈들이 게으름을 피운다고 생각했다.

"서두르지 말고 느긋하게 행동하라고 했더니만, 이놈들이 해도 너무하네. 자강(資强), 당장에 가서 이 자식들을 끌고 와라."

그의 짜증을 읽은 자강이 서둘러 달려갔다.

그런데 어이없게도 급히 달려 나간 자강도 다시 반식경이 지나도록 감감무소식이었다.

흑표는 그제야 생각이 바뀌었다.

자강은 그의 수하들 중에서 손꼽히는 고수였고, 빠릿빠릿하기로 정평이 난 녀석이었다.

"설마⋯⋯?"

흑표는 절대 그럴 리가 없다고 생각하면서도 후다닥 자리를 털고 일어났다.

쉬운 일이지만 절대 틀어져서는 안 되는 중요한 일인지라 더는 그대로 있을 수가 없었다.

"가 보자!"

흑표는 이제야말로 다급해져서 나머지 다섯 명의 수하를 이끌고 서둘러 설인보의 저택으로 달려갔다.

아내와 딸이 산다는 설인보의 저택은 들은 바 그대로 서문 대로변과 인접한 아서방 개화호동의 한쪽을 차지한 아담한 사합원 주택이었다.

사합원 주택의 특징은 대칭형의 평면 형태와 폐쇄적인 외관을 들 수 있고, 단층과 이 층인 두 가지 종류의 사합원 주택으로 나눠진다.

다만 그 어느 종류이든지 간에 작은 정원을 중심에 두고 건물이 담을 대신해서 사방을 두르는 형태인 것은 같은데, 이층인 설인보의 사합원 주택도 그와 같아서 대문을 열고 들어가거나 지붕으로 오르지 않는 한 내부를 볼 수 없는 구조였다.

흑표는 아무런 기척을 느낄 수 없는 설인보의 사합원 주택 앞에서 잠시 망설이다가 이내 대문이 아닌 지붕을 선택했다.

수하들이 방문했다면, 그래서 잡히거나 했다면 어수선해도 한참 어수선해야 할 집이 너무도 조용해서 본능적인 경계심이 발동한 것이다.

그러나 지붕에 올라서도 그가 보거나 느낄 수 있는 것은 아무것도 없었다.

불이 밝혀지지 않은 설인보의 사합원 주택의 내부는 그저 고요하기만 했다.

'여기가 맞나?'

흑표는 절도 드는 의혹 속에 별다른 경계심 없이 지붕에서 사합원 주택의 중심인 정원으로 내려섰다.

그의 수하들도 그와 마찬가지로 별다른 의심 없이 그를 따라서 정원으로 내려왔다.

그때였다.

"후, 또 들어왔네. 대체 오늘 따라 왜 이리 좀도둑들이 들락거리는 거지? 혹시 이 집 어디에 나도 모르는 보물이 있는 거 아냐?"

낭랑한 목소리와 함께 흑표 등의 정면인 건물의 미닫이문이 활짝 열리며 진청색 잠옷 차림의 중년미부 하나가 모습을 드러냈다.

흑표 등이 깜짝 놀라는 사이, 그녀와 같은 복색의 소녀 하나가 그녀 옆으로 나서더니 손가락으로 흑표를 콕 집어서 가리키며 말했다.

"쟤가 두목인가 봐. 이마에 '나 두목' 이렇게 적혀 있네. 아얏!"

중녀미부가 소녀의 머리를 한 대 쥐어박으며 눈총을 주었다.

"너는 자발머리없이 자꾸 나설래? 아까도 그래! 때려도 하필이면 거길 때려서 애를 고자 만들어!"

"실수야 실수! 그놈이 난데없이 내 머리채를 잡으려 해서 엉겁결에 그런 거라고!"

"아무튼, 넌 이제 그만 나대고 빠져 있어!"

흑표는 자신들의 존재에 아무런 위화감을 느끼지 않는 듯 자기들끼리 옥신각신하는 그녀들을 보며 오만상을 찡그렸다.

대체 이게 무슨 상황인 건가?

지금 눈앞의 일노일소, 두 여자가 설인보의 아내인 양화와 딸인 설무연이라는 것은 알겠는데, 당최 이게 무슨 상황인지 이해를 할 수가 없었다.

그러나 그의 혼란은 그게 시작이었다.

"나대지 말아야 하는 건 아씨도 마찬가지예요. 명색이 장군의 아낙이 체통을 지키셔야지 왜 자꾸 나서고 그래요?"

자못 앙칼진 음성이 들리며 우측 건물의 미닫이문이 열리리더니, 또 한 명의 중년미부가 모습을 드러냈다.

그리고 더 있었다.

"맞습니다. 이번에는 그냥 저희가 처리하도록 하겠습니다. 지켜만 보세요, 마님."

문가에 붙은 건물, 소위 사랑채의 미닫이문이 열리며 이번에는 초로의 노인이 모습을 드러냈다.

흑표는 아직 제대로 모르고 있지만, 유모 냉연과 설 씨 가문의 오랜 노복인 한당의 등장이었다.

흑표는 실로 긴장했다.

그는 바보가 아니기 때문이다.

그리 명석하다고 할 수는 없지만, 적어도 기다렸다는 듯이 그를 맞이한 모녀, 양화와 설무연, 그리고 종복으로 보이는 노인과 중년미부의 말을 종합해 보면 그가 보낸 수하들이 전부 다

천외천의
주인

당했다는 것을 바로 알아차릴 정도의 머리는 되었다.

'정보가 틀렸다!'

사실은 정보가 틀린 것이 아니었다.

그저 설인보 일가가 자신들의 능력을 절대 밖으로 드러내지 않은 결과였는데, 모로 가도 경사로만 가면 된다고, 그로 인해 그의 태도가 바뀐 것은 매우 옳은 처사였다.

그러나 그게 다였다.

흑표는 정보가 틀려서 수하들을 잃었지만, 쓸데없이 시간을 낭비했다고만 생각했을 뿐, 다른 생각은 하지 않았다.

예상에 없는 상황과 직면해서 적잖게 놀라고 창피하게 긴장을 했어도 이 자리를 포기할 생각은 없었다.

그에겐 쾌활림의 상위 서열을 차지할 정도로 남부럽지 않은 무공과 본색을 드러내면 사부인 쾌활림주 사도진악도 놀랄 만한 비장의 한 수도 있는 것이다.

"조용히 처리하려고 했는데, 귀찮게 됐군."

이것이 흑표의 결정이었다.

그는 곧바로 칼을 뽑아 들며 수하들을 향해 외쳤다.

"잡것들을 처리해라!"

흑표가 대동한 다섯 명의 수하는 다들 자강과 같은 수위의 무공을 가진 쾌활림의 정예인 흑사자들이었다.

명령을 들은 그들은 지체 없이 반응해서 한당과 냉연을 향해 달려들었다.

흑표는 그 순간에 양화 등을 노렸다.

여기서 그가 예기치 못한 또 하나의 변수가 나타났다.

냉연이 자신을 공격하는 흑사자를 무시하며 양화를 노리는 그의 전면을 막아섰다.

냉연이 어떤 술수를 부렸는지는 몰라도 그녀를 노리던 흑사자가 눈앞에서 그녀를 놓쳐 버린 것이다.

때를 같이해서 난데없이 지붕에서 뛰어내린 두 여인이 그 흑사자를 공격했다.

흑표는 전혀 모르고 있지만, 그녀들은 설 씨 가문의 시비인 나양과 수화였다.

"......!"

흑표는 세상에 어떤 시비가 지붕에서 지붕을 지키고 있었는지도 모르겠고, 무슨 연유로 쾌활림의 정예인 흑사자들을 상대할 수 있을 정도의 무공을 익혔는지도 알 수 없었으나, 그걸 따질 여유는 없었다.

우선은 앞을 막아선 표독스러운 여자, 냉연을 처리하는 것이 먼저였기에 칼부터 휘둘렀다.

챙-!

거친 금속성이 터지며 불똥이 튀었다.

그의 앞을 막아선 냉연이 움찔 뒤로 물러났다.

격돌의 여파에 밀려난 것이다.

반면에 흑표는 그 자리를 지켰다.

손바닥이 찌릿할 정도의 충격을 받긴 했지만, 물러날 정도는 아니었다.

약간의 차이지만 그가 우위를 점한 것이다.

흑표는 희심의 미소를 지었다.

아직 그는 전력을 다한 것이 아니었기 때문이다.

그때!

"유모, 도와줄까?"

설무연이 두 눈을 초롱초롱하게 빛내며 물었다.

냉연이 표독스러운 눈빛으로 흑표를 노려보며 고개를 저었다.

"아니요. 잠시 방심했을 뿐이에요. 제법 하는 놈이네요."

"이년이……!"

흑표는 울컥하며 전신의 공력을 칼끝에 응집했다.

그 순간에 그의 뒤에서 연이어 비명이 터졌다.

"으악!"

"크악!"

한당을 상대하던 흑사자 하나가 피 화살을 뿜어내며 날아가서 벽에 처박혔다.

다른 하나는 어디를 어떻게 당했는지 핏덩이처럼 선혈이 낭자한 모습으로 저 멀리 지붕을 너머로 날아가고 있었다.

앞서보다 배는 더 신랄해진 냉연의 검기가 잠시 한눈을 판 흑표의 전면으로 쇄도했다.

"익!"

흑표는 감히 경시하지 못하고 즉각 반응해서 칼을 휘둘렀다.

깡—!

거친 금속성이 터지고, 조각난 검기가 사방으로 비산하는 가운데 칼과 칼이 하나처럼 맞물렸다.

흑표가 칼을 밀어냈다.

찌지직—!

칼날이 조금 어긋나며 소름끼치는 소음이 일어났다.

냉연이 떨어지지 않고 힘으로 버틴 결과였다.

실로 여자의 힘이 아니라 무인의 힘이었다.

흑표는 내심 당황했다.

그때 다시금 그의 뒤에서 단말마의 비명이 연이어 터졌다.

"컥!"

"크아악!"

흑사자들이 선혈이 낭자한 모습으로 날아가서 벽에 처박히거나 바닥에 내동댕이쳐지기 전에 내지른 비명이었다.

그 와중에 하나는 비명도 없이 스르르 고꾸라졌다.

그의 머리는 반듯하게 잘려서 허공에 떠올라 있었다.

흑표는 어떻게 돌아가는 정황인지 확인하고 싶었으나, 그럴 수가 없었다.

한순간 냉연과 힘겨루기를 하는 그의 측면으로 나풀거리는 비단 끈 두 개가 날아오고 있었다.

천외천의
주인

깃털처럼 가볍게 보이지만, 결코 가벼운 느낌이 들지 않는 비단 끈이었다.

흑사자 하나를 처치한 나양과 수화의 출수였다.

"무산(巫山) 신녀궁(神女宮)!"

흑표는 절로 부르짖었다.

직접 본 적은 없지만 들은 적이 있었다.

예로부터 강호무림은 숱한 전설과 신화로 가득했고, 무산 신녀궁도 그중의 하나였다.

남해청조각처럼 여인들만이 산다는, 여인들만이 그들의 일원이 될 수 있다는 신비의 세력, 오래전부터 전설로만 전해져 내려오는 그 문파에는 옷소매와 옷고름, 거기 달린 비단 끈으로 펼치는 신비의 무공이 존재한다고 했다.

이른바 아는 사람만 안다는 현녀십구대(玄女十九帶)라는 전설의 무공이었다.

"그럴 리가……!"

흑표는 강하게 부정했다.

전설은 전설일 뿐이었다.

무엇보다도 그는 무산 신녀궁의 후예가 강호무림에 나타났다는 얘기를 한 번도 들어 본 적이 없었다.

그러나 경험해 보지 못한 미지의 것에 대한 두려움은 실로 큰 법이고, 그도 그랬다.

속으로는 아니라고 강변하면서 그는 다급히 사력을 다해서 마주친 냉연의 칼을 밀치며 뒤로 물러났다.

그것이 그를 위기에서 구했다.

휘리릭-!

나비처럼 나풀거리며 날아온 비단 끈이 그에게 이르러서는 마치 날카로운 표창처럼 끝자락을 말아 올렸다.

간발의 차이로 그가 물러난 공간이 섬뜩한 비명을 지르는 것 같았다.

그가 무시하고 그대로 버텼다면 그게 손이든 아니면 얼굴이든 여지없이 찢겨져 나갔을 위력이 느껴지는 파열음이었다.

하지만 위기를 벗었으나 또다시 위기가 닥쳤다.

그가 물러난 뒤에는 다섯 명의 흑사자를 순식간에 해치운 한당이 버티고 서 있었던 것이다.

쐐액-!

예리한 바람 소리가 뒤로 물러나는 흑표의 귓전에서 울렸다.

흑표는 본능적으로 그것이 적의 공격임을 인지하고, 반사적으로 방향을 틀었다.

슈각-!

간발의 차이로 흑표가 물러난 공간을 휩쓴 칼날이 그의 옆구리를 훑었다.

한당이 휘두른 칼이었다.

핏물이 튀었다.

옆구리에서 전해지는 뜨거운 통증이 그의 뇌리로 직결되었다.

'이 늙은이는 또 누군가?'

흑표는 고통을 느끼는 와중에도 느긋하게 칼을 바로잡는 한당의 모습을 확인하며 절로 그런 의문이 들었다.

예기치 못한 기습을 당하긴 했어도, 능히 피할 수 있다고 판단했는데, 피하지 못했다.

늙은이의 칼끝이 그처럼 매서웠다.

늙은이가 그 정도의 고수라는 것보다 그런 고수를 그가 모르고 있다는 사실이 더 그를 궁지로 내몰았다.

그런 그의 전면으로 분명 멀찍이 밀어냈다고 생각한 여자, 냉연이 다가서며 표독스러운 두 눈을 빛내며 말했다.

"나서지 마요! 내 몫입니다!"

흑표를 공격한 한당을 두고 하는 말이었다.

한당이 어깨를 으쓱하고는 물러섰다.

대청마루에 서서 지켜보던 설무연이 손뼉을 치며 반색했다.

"와, 뭐야? 오늘에서야 꽁꽁 싸매고 있던 유모의 절기를 보게 되는 거야?"

"이런, 빌어먹을……!"

흑표는 자신이 놀림감이 되어 버린 작금의 사태에 분하고 억울해서 치가 떨리도록 화가 났다.

그러나 그렇게 화만 내고 있을 수가 없는 것이 설무연의 말이 의미하는 것처럼 지금 다가서는 냉연의 기세가 확연하게 달라져 있었다.

마치 지금 자신에게 다가서는 냉연은 앞서 그가 상대하던 그 여자가 아닌 것 같았다.

'전력을 감추고 있었다는 거야? 대체 이놈의 집구석은⋯⋯?'

흑표는 어처구니가 없었다.

지금 눈앞에 펼쳐지는 것들이 죄다 현실이 아니라 꿈이 아닌가 싶었다.

하지만 꿈이 아니었다. 엄연한 현실이었다.

그는 실패했고, 이제 목숨을 지키기 위해서 싸워야 할 입장에 놓여 있었다.

물론 말이 그렇지 실제로 목숨을 지키는 것은 어렵지 않았다.

적어도 그는 그렇게 생각했다.

냉연이 전력을 다하지 않았다면 그 역시 전력을 다하지 않았다.

그에게는 아직 비장의 한 수가 남아 있고, 그것을 꺼내 든다면 단지 목숨을 구하는 데 그치지 않고 지금 이 자리에 있는 연놈들의 죄다 저승길의 동무로 삼을 수도 있을 터였다.

'하지만⋯⋯!'

흑표는 그럴 수가 없었다.

이번 일은 실패해도, 인생까지 실패하고 싶지는 않았다.

그가 비장의 한 수를, 바로 마공을 일으키면 그 사실은 어떤 식으로든 사부 사도진악의 귀에 들어갈 테고, 그건 그의 인생이 끝날 수도 있는 일이었다.

그가 익힌 마공은 일찍이 사부 사도진악을 배신한 대가로 얻은 것이기 때문이다.

'설마 이번 일을 실패했다고 죽이지는 않겠지!'

흑표는 결정을 내림과 동시에 움직였다.

아무런 사전 동작도 없이 앞으로 쇄도해서 전면의 냉연을 기습했다.

"흥!"

냉연이 코웃음을 치며 수중의 칼을 거세게 휘둘렀다.

마치 사전에 그의 생각을 읽고 대비한 것처럼 빠른 반격이었다.

깡—!

칼과 칼이 충돌하며 거친 금속성과 불꽃이 일어났다.

사실은 불꽃처럼 보이는 강기의 파편이었다.

흑표는 이미 각오한 대로 그 순간을 놓치지 않고 격돌의 여파에 몸을 싫었다.

그의 신형이 빠르게 허공으로 떠올랐다. 도주였다.

"두고 보자! 내 오늘의 치욕을 기필코 너희들의 목숨을 끊는 것으로 갚아 주마!"

흑표가 내심 이젠 됐다 싶어서 마음을 놓으며 사나운 저주를 남겼다.

냉연이 냉소를 날렸다.

"너무 뻔하다, 이놈아!"

흑표는 싸늘한 그녀의 일갈이 스스로 생각해도 고루하고 유치한 자신의 겁박에 대한 조소인 줄 알았다.

그런데 그게 아니었다.

그녀가 허공으로 떠오른 그를 향해 손을 뻗자, 그녀의 소매에서 삐져나온 비단 끈이 빨랫줄처럼 뻗어 와서 그의 발목을 휘감았다.

"저, 저년도……?"

흑표는 화들짝 놀랐다.

냉연도 무산 신녀궁과 연관된 여자였던 것이다.

하지만 천만다행이게도 날아가는 그의 힘이 비단 끈을 뻗어 낸 냉연의 완력을 압도했다.

비단 끈을 뻗어 낸 냉연이 허공으로 딸려 왔다.

그걸 확인한 흑표는 가일층 사력을 다한 경공을 발휘했다.

그때 나양과 수화가 뻗어 낸 비단 끈이 딸려 올라가면서도 손에서 놓지 않고 있던 냉연의 비단 끈을 휘감았다.

흑표의 신형이 얼레를 놓치는 바람에 막연히 날아가다가 실이 다해서 멈춘 연처럼 거칠게 멈추어졌다.

"헉!"

흑표는 절로 헛바람을 삼켰다.

천외천의
주인

그런 그의 시선으로 신형을 날리는 늙은이가, 바로 한당이 들어왔다.

"젠장! 빌어먹을……!"

흑표는 망설이고자시고 여유도 없이 이를 악물며 수중의 칼을 휘둘렀다.

그 칼끝은 그의 발목을 휘감고 있는 비단 끈에 미치지 못했다. 겨우 그의 발목에 닿았을 뿐이었다.

촤악-!

허공에 붉은 피가 뿌려졌다.

발목을 자르는 것으로 자유를 얻은 흑표는 실이 끊어진 연으로 화해서 순식간에 저 멀리 밤하늘 속으로 파고 들어갔다.

툭-!

잘려진 흑표의 발목은 그 반대였다.

끊어진 고무줄처럼 당겨져서 바닥으로 떨어졌다.

냉연이 자신의 비단 끈에 묶인 채로 바닥에 처박힌 흑표의 발목을 보며 헛웃음을 흘렸다.

"미친놈일세, 저놈!"

곧바로 지상에 착지한 한당이 흑표가 사라진 방향의 밤하늘을 쳐다보며 말했다.

"보통 놈이 아닙니다. 이유는 모르겠으나, 아무리 봐도 한 수 재간이 있는 것 같은데, 드러내지 않고 그냥 가 버리네요."

"흥! 제깐놈이 한 수 재간이 있어 봤자 별게 있을까요!"

냉연이 코웃음을 치며 말하고는 슬쩍 양화에게 시선을 주며 재우쳐 물었다.

"그나저나, 어쩌실래요? 앞서 처치한 놈들도 그렇고, 지금 도망친 저놈도 그렇고, 그냥 좀도둑은 아닌 것 같은데, 알려야 되겠죠?"

양화가 시큰둥하게 반문했다.

"알리긴 누구에게 알려?"

냉연이 몰라서 그러냐는 표정으로 대답했다.

"누구긴 누구겠어요, 당연히 도련님이죠. 황궁도 무너진 마당에 이런 놈들이 누구 때문에 여기까지 왔겠어요? 당연히 도련님과 관계된 놈들이겠죠."

설무연이 양화의 소매를 잡고 늘어졌다.

"나! 나! 나 갈래! 나 보내 줘! 응? 엄마? 에구!"

양화가 설무연의 머리를 한 대 쥐어박고 돌아서며 말했다.

"그냥 둬! 가뜩이나 하는 일 많은 애에게 속 시끄럽게 왜 이런 걸 알려! 다 그냥 뒷산에 묻어 버리고 치워!"

"엄마!"

설무연이 양화를 졸졸 따라가며 애원했다.

냉연은 어쩔 수 없다는 듯 어깨를 으쓱이며 한당을 바라보았다.

한당이 그제야 주섬주섬 흑사자들의 주검을 수습하며 중얼거렸다.

천하제일
주인

"뒷산에 이놈들 묻을 공간이 있을지 모르겠네."

양화가 오늘처럼 입을 다물어서 그렇지 설인보의 자택을 침범한 자객은 오늘이 처음은 아니었고, 그들은 다 오늘처럼 죽어서 뒷산에 묻어졌던 것이다.

냉연이 그런 그들에게 무섭게 말을 하며 돌아섰다.

"티가 나지 않게 깊이 잘 묻어요. 티가 날 것 같으면 애초에 팔다리를 잘라서 묻도록 하고요."

오늘 설인보의 자택을 침입한 열 명의 흑사자는 그런 연유로 생선처럼 토막 나서 땅속 깊이 묻혔다.

다음 권으로 이어집니다

꿈의 도약, 로크에서 하십시오
(주)로크미디어에서 신인 작가를 모십니다

즐거운 세상, 로크미디어는 꿈을 사랑하고 도전을 두려워하지 않는 작가 분들의 참신한 작품을 기다리고 있습니다. 21세기 장르 문학계를 이끌어 갈 차세대 선두 주자 (주)로크미디어에서 여러분의 나래를 활짝 펴 보시길 바랍니다.

모집 분야 판타지와 무협을 포함한 장르 문학
모집 대상 아마추어 작가, 인터넷 작가
모집 기한 수시 모집
　　작품 접수 시 유의 사항
　　　1. 파일명은 작가명_작품명.hwp형식을 갖춰 주십시오.
　　　1. 파일에 들어갈 내용은 다음과 같습니다.
　　　　― 성명(필명인 경우 실명을 밝혀 주세요), 연락처, 이메일 주소
　　　　― 제목, 기획 의도
　　　　― A4용지 1장 분량의 등장인물 소개
　　　　― A4용지 2장 분량의 전체 줄거리
　　　　― 본문
　　　1. 작품이 인터넷에 연재되고 있다면, 게시판명과 사이트의 구체적이고
　　　　정확한 주소를 기재해 주십시오.

선택된 작품은 정식 계약 후 출판물로 간행되어 전국 서점에 유통됩니다.
작가 분은 (주)로크미디어의 전폭적인 지원하에 전속 작가로 활동하시게 됩니다.
※ 자세한 내용은 로크미디어 홈페이지(rokmedia.com)를 참조하세요.

(03920)서울시 마포구 성암로 330 DMC첨단산업센터 3층 318호
(주)로크미디어 편집부 신간 기획 담당자 앞
전화 : 02) 3273-5135
www.rokmedia.com　　**이메일 : rokmedia@empas.com**

기갑천마

거짓이슬 퓨전 판타지 장편소설

종말을 막지 못한 절대자
복수의 기회를 얻다!

무림을 침략한 마수와의 운명을 건 쟁투
그 마지막 싸움에서 눈감은 무림의 천하제일인, 천휘
종말을 앞둔 중원이 아닌 새로운 세상에서 눈을 뜨는데……

"천휘든 단테든, 본좌는 본좌이니라."

이제는 백월신교의 마지막 교주가 아닌 평민 훈련병, 단테
그럼에도 오로지 마수의 숨통을 끊기 위해
절대자의 일 보를 다시금 내딛다!

에이스 기갑 파일럿 단테
마도 공학의 결정체, 나이트 프레임에 올라
마수들을 처단하고 세상을 구원하라!